ZHONGDONG TIELU

CHUANYUE WEIDU DE HUIWANG

# 中东铁路，穿越纬度的回望

韩玉皓——著

中国铁道出版社有限公司
CHINA RAILWAY PUBLISHING HOUSE CO., LTD.

**图书在版编目（CIP）数据**

中东铁路，穿越纬度的回望 / 韩玉皓著 . — 北京：中国铁道出版社有限公司，2021.10
ISBN 978-7-113-28376-6

Ⅰ . ①中… Ⅱ . ①韩… Ⅲ . ①散文集－中国－当代 Ⅳ . ① I267

中国版本图书馆 CIP 数据核字（2021）第 180698 号

**书　　名：中东铁路，穿越纬度的回望**
**作　　者：**韩玉皓

---

**责任编辑：**王晓罡　　**联系电话：**（010）51873343
**装帧设计：**闰江文化
**责任校对：**孙　玫
**责任印制：**赵星辰

---

**出版发行：**中国铁道出版社有限公司（100054，北京市西城区右安门西街 8 号）
**印　　刷：**北京盛通印刷股份有限公司
**版　　次：**2021 年 10 月第 1 版　2021 年 10 月第 1 次印刷
**开　　本：**880 mm×1 230 mm 1/32　**印张：**10　**字数：**200 千
**书　　号：**ISBN 978-7-113-28376-6
**定　　价：**78.00 元

---

# 中东铁路，工业革命风起云涌与中西文化碰撞交融的雄浑乐章

# 序言

## 拾捡岁月散落的碎片

一条铁路的修建，搅热了关外冰封的大地。

从第一声汽笛划破松花江上空的那一刻起，这片沉睡了千年的亘古荒野开始了它的苏醒和开放。工业革命的雏形与中西文化的碰撞也随着这条命运多舛、历经磨难的铁路而日渐崛起与兴盛。

不同肤色、不同民族、不同思想的外国人，“闯关东”的逃难者和淘金人，纷纷踏上这片土地，不仅冲击了原有的传统观念，也带来了不一样的思维方式，让这方土地充满了活力。尤其是新中国成立后，全国进行大规模的路网建设，其运行和管理仍旧沿袭既有的模式，可见其影响之深远。

历史学者说，中东铁路既是一条合资合作之路，又是一条战争掠夺之路；既是一条侵略殖民之路，又是一条革命解放之路；既是一条和平友谊之路，又是一条建设发展之路。其中的曲折经历、跌宕命运，发人深省。

诗人则说，中东铁路是工业革命风起云涌和中西文化碰撞交流的雄浑乐章。

我选择后者。

寻着笛声的指引，顺着轨排的延伸，在中国东北部边疆，我开始了对一条“老铁路”的探寻之旅，去感知和触摸那些抑或被遗忘的故事，倾听汽笛渐行渐远的回响。

在漫长的岁月里，作为中国东北地区的交通骨架，当年沿铁道线修建的车站、教堂、学校、兵营、俱乐部和民居住宅等中东铁路老建筑群成为“凝固的音符”。

这些建筑或雄伟壮观，或小巧精致，或细腻典雅，或挺拔俊秀，曾经散落在沿线或城镇的各个角落，在展示铁路魅力的同时，也述说着它“童年的凄苦或是成长的辉煌”。寒来暑往，沧桑巨变，默默承受着岁月的洗礼。

随着世事的变迁、经济的发展和城镇的扩张，这些建筑或被一个时代所取代，或被遗失在乡间僻野，渐渐淡出人们的视线。

这些特定历史时期形成的建筑群体，反映了历史面貌，承载着文化信息，记录了城镇发展。但是，每当走近它们，总是感觉缺少人文情怀的发现和挖掘，它们显得有些冷漠，甚至是冰冷。

让这些“冷漠，甚至是冰冷的物体”鲜活起来，让建筑“发声”，让历史说话。我初心不改，正如转动的车轮，数年不肯停歇。

自从中国大地上有了火车，中东铁路完全有资格称为“老字号”。“老铁路”作为工业革命的遗存，既需要景观之美，还需要历史传奇。作为独特的文化符号，它们会愈加迷人。

中东铁路具备这样的潜质和内涵。

一座座小站就像一幅幅充满异国风情的油画，镶嵌在中东铁路沿途。它们从历史深处走来，承载着悲欢离合、兴衰起伏，见证着烽火硝烟、沧桑巨变。推开那虚掩的门扉，靠近那残垣断壁，触摸那裸露的黄墙青石，青藤爬满的往事尽在胸中激荡。

徜徉在重镇的街道，慨叹着废弃的线路，穿梭于城市的建筑群，驻足在凝重的博物馆，倾听那些零散的述说，拾捡岁月散落的碎片。我惊奇地发现：那些似乎已经远去的人物和故事，至今仍然鲜活炽热，就像小站上的那棵“老树”，深深扎根在这片土地，经过风雨雷电的锻打，最终成为守望者的雕塑。

穿越在中东铁路，我看到的不仅有来自异域的风情，还有耳畔呼啸而过的炮火；我回望的不仅是那些凝固的中国近代工业的遗存，还有那一座座不朽的纪念丰碑。它们或耸立在铁道线两侧，或深藏于山间荒野，或成为城镇的一道景观。

“风萧萧兮易水寒，壮士一去兮不复还”，百年铁路上安放的那些英魂们，永远守护着这片山山水水，看车轮驶过沧桑岁月，听汽笛在世间鸣响，在这条大铁路上刻下深深的血色印鉴……

这条铺陈于白山黑水间的“革命解放之路”，也有人称其为“红色丝绸之路”。作为一个倾听者和记录者，对此，我笃信不疑。

这不是一部史书。

十几年来，我徜徉在中东铁路干线，以随笔的形式和自己习惯的叙述风格，记录、描写一条铁路、一座城市、一个事件的人文景观、工业遗存、历史建筑，或者是其发展中独具魅力的物化风貌，纵横穿插，娓娓道来。既尊重历史，又不拘泥于真相始末；以“田园调查”写下笔记，力图使“老铁路”的“遗产”价值在当今放出异彩，并对特定区域的社会和人群在政治、经济、文化、历史、生活以及集体记忆中产生长久的影响。

事实上，能够获得的这些史料，“好比一枚枚飘落在深秋，又被风雨洗礼了多年的叶子，当初的碧绿已经泛黄，留下的不过是些丝丝缕缕的叶脉”。

我知道，在这条波澜壮阔、命运跌宕的“老铁路”面前，任何的语言都是苍白的。但是，任何人都不会无动于衷。它是对历史文化的敬畏，是生活在这片土地上的人们用血汗和智慧共同创造的精神财富，足以引以为豪。

因此，我充满敬意。

拾捡历史的碎片，不是为了“以旧复旧”，而是拂去岁月的尘土，让历史文化绽放出文明的光彩。

历史的沉思，时光的回眸，时常让我叩问自己：这条铁路究竟留给了后人什么？如今我们回望的又是什么？

古人云：“人事有代谢，往来成古今。江山留胜迹，我辈复登临。”把过往记录下来，把心绪与人述说，给我们生活的这片土地存留一份自己的倾诉。同时，给后人留下一点值得回眸的鸿爪印泥，唤起更多人在现实中对它们现状与未来的关注，并切实而合理地保护起来，才是最为重要的。由此说来，这不能不说是一件颇有意义的善举。说善莫大焉，似乎也不为过誉之言。

“历史文化是城市的灵魂，要像爱惜自己的生命一样保护好城市历史文化遗产。”一条铁路优秀的历史文化，虽然已经属于昨天，但是，历史总会要照进现实。

中东铁路已逾百年，却与今天血脉相连，并对未来有着极其重要的航标般的价值。

谨以此书，权作一个铁路人对这片沃土的深情回报吧。

# 目录

# 第一章

## 火车来了

从第一声汽笛划破松花江上空的那一刻起，中国东北有了“哐当哐当”响着的火车，这片沉睡了千年的亘古荒野开始了它的苏醒和开放。工业革命的雏形与中西文化的碰撞也随着这条命运多舛、历经磨难的大铁路而日渐崛起与兴盛。

百年即在眼前。寻着笛声的指引，顺着轨排的延伸，我们进入了时光隧道，在中国东北部边疆开始了对一条“老铁路”的寻觅之旅，触摸那些抑或被遗忘的故事，倾听车轮驶过的回响。

## 夏日寒意从何来

清光绪二十一年（1895 年）秋，中国东北广袤的原野和苍莽的山林，荆棘与树木恣意疯长，碧草和稼禾天地相接，野鹿獐狍在林间跳跃，苍鹰凌空盘旋，直冲云霄。但是，尽管这般夏日的景象尚未退去，来自西伯利亚的一阵阵寒风却已经翻山越岭向这亘古荒野袭来。

在接近绥芬河一个叫“三岔口”的山沟里，来了一队金发碧眼的俄国人。他们清一色的军人装束，骑大马，挎火枪，高视阔步，耀武扬威。他们的后边还跟着驮满物资的马队。有的人背着枪，还没来得及下马，有的人已经开始勘察地形，准备安营扎寨了。从装备上看，这伙人显然是有备而来。站在中间的两个人，一个背着手，腆着肚子，大胡子上翘，很是威严地看着远方；一个拄着枝杈做成的拐棍，漫不经心，一脸自若，征服者的傲慢和自负挂在脸上。

他们是谁？要干什么？为什么不在自己的国家，却跋山涉水来到中国东北的这片亘古荒野？

中间腆着肚子的大胡子叫司维雅金，是乌苏里铁路工程师。他们一行是受沙皇政府的指派，勘测中国三岔口至宁古塔的路线，到12月末完成。

无人知晓他们是从哪里过境的，走了多久才到了这里。望着眼前这富饶的土地、纤尘不染的绿水青山，呼吸着沁人心脾的清新空气，入境者们或暗自窃喜，或开怀大笑，或尽情地醉酒歌舞。鄂伦春族有句谚语说得好："当饿狼捕捉到了猎物，眼睛总是亮的。"

当然，他们不是第一批，也不是最后一批进入中国东北搞勘测的人马。6月，俄国派遣"考察队"沿松花江流域进行考察，直至嫩江口，窃取地貌、地质与资源情报；8月，俄国单方面决定西伯利亚铁路经过中国领土，随即擅自派员进入中国东北勘测线路；同时，后贝加尔铁路工程师一行，在海拉尔、伯都讷（今扶余）方向进行勘测；安托路尼阔夫公爵一行，秘密勘测了由粗鲁海图村至齐齐哈尔的路线，经由墨尔根（今嫩江）撤回海兰泡；10月，俄国政府组织近百人的考察队，分四批非法越过中俄边界，闯入齐齐哈尔、宁古塔、大兴安岭和辽东湾等地进行勘察。可谓是接踵而至，马不停蹄。

当时，中日甲午战争刚刚结束。尚在噩梦中的清政府以为"勘测"不过是"邻居串门"的百姓寻常事罢了，不予理睬或无暇顾及，甚至是睁一只眼闭一只眼，视而不见。岂不知，贪婪者的铁蹄已经踏进中国，大清的土地即将成为强盗们攫取财富的乐土。

其实，沙俄对中国东北早就是垂涎三尺、图谋已久。1891 年，沙皇亚历山大三世在致皇太子的特别谕令中，向全世界宣布了俄国修筑“横贯西伯利亚全境铁路”的决定。当然，这是对外的口径，而在俄国交通部的一份调查报告里却明确表明：“西伯利亚铁路向海参崴连接，如果横断中国东北地方，较通过本国领土，可缩短 500 俄里。”

于是，沙俄“西伯利亚大铁路穿过中国东北”的预谋便以踏勘、测量、规划、设计的行动吹响了前奏曲。

## “老臣”赴赶“鸿门宴”

随着宫内一声拉着长音的“圣——旨——到——”，刚刚躺下歇息的李鸿章蹒跚地跑到中堂接旨。公公娘娘腔十足：“年三月，为俄君加冕之期，着派李鸿章前往致贺，钦此。”李鸿章赶紧俯首叩拜山呼：“谢主隆恩。万岁，万岁，万万岁！”送走公公，李鸿章一屁股坐在了中堂的太师椅上，生起了太后老佛爷和光绪帝的气来。唉！俄国，自己是不愿去的。年事已高，大病初愈，经不起折腾了。本来朝廷要派湖北布政史王之春赴俄的，可沙俄嫌王之春级别太低，强势指名让他李鸿章去。列强难扛，圣旨难违。于是，李鸿章声音微弱地吩咐下去：“年三月十八日，起程赴俄。”

这圣旨中的年三月就是1896年的4月。那么，为什么沙俄非要指名道姓让李鸿章赴俄呢？这还得从头说起。

19世纪中期以后，沙皇俄国为了控制朝鲜半岛和中国东北，以达到称霸远东的目的，从1891年起开工修筑以车里雅宾斯克为起点，向东直达太平洋沿岸港口海参崴的西伯利亚大铁路。这时的大清国边疆危机四伏，沙皇俄国趁火打劫，侵占了黑龙江以北、乌苏里以东150多万平方公里的领土，并得到了太平洋沿岸的重要港口海参崴。俄文名为“符拉迪沃斯托克”，意思是“征服东方”。

恰逢此时，中日甲午战争刚刚结束，大清国一败涂地。日本逼迫清政府签订了丧权辱国的《马关条约》，清政府已是风雨飘摇。沙俄凭着他们的嗅觉，抓住了机会，以“干涉日本退出辽东半岛”为诱饵，在尼古拉二世加冕典礼上，向清政府索取报酬。而中方最佳人选就是热衷于洋务运动的李鸿章。于是，沙俄为李鸿章设的“鸿门宴”开始摆台了。

经过一番筹划，李鸿章及其一行出了京城，赶往上海，乘法国定期远洋客轮出发，赶赴俄国。历时月余，李鸿章一行到了沙俄，又换乘特别快车从敖德萨直达俄国首都圣彼得堡。礼炮、红毯、高官、礼兵……迎接李鸿章的场面盛大辉煌且庄严隆重。沙皇对“老臣”给足了面子，待之以国家元首之礼，李鸿章一路的劳顿瞬时烟消云散，甩了甩大辫子，抖了抖长袍，施礼致谢。

几番盛情款待后，开始进入了正题。沙皇尼古拉二世做虔诚状，对李鸿章说：“我国地广人稀，断不侵占人尺寸地。中俄交情，近家亲密，东省接路，实为将来调兵捷速，中国有事亦便帮助，非仅利俄。”继而又说：“将来倭、英难保不再生事，俄可出力援助。”随之，他把一杯伏特加推到了李鸿章面前。李鸿章本来就对这一切

⊕ 李鸿章本来就对这一切毫无准备，再加上这一番软硬兼施的忽悠，便颤微微地签订了《中俄御敌互相援助条约》。

毫无准备，再加上这一番软硬兼施的忽悠，便颤微微地签订了《中俄御敌互相援助条约》，即《中俄密约》。其中最重要的一条就是在中国东北地区修建一条铁路。这一所谓“协定”的签订，拉开了沙皇俄国公然侵占中国东北的大幕。

密约签了，该谈实质性的事了。又是一番饭局之后，俄国拟给中国东北境内修建的铁路定名的事儿端了上来，名曰：“满洲铁路”。李鸿章这个时候似乎才缓过神儿来，有了“欺人太甚”的感觉，拂袖欲走，“必须名为‘大清东省铁路’。若名为‘满洲铁路’，即须取消允给之应需地亩权。”大鼻子耸耸肩膀，摊开两手，作出一副无奈状。数日后，沙俄答应把这条即将修建的铁路定名为“大清东省铁路”（简称为“东清铁路”，又名“中国东省铁路”，亦称“东省铁路”或“中东铁路”）。

沙俄对修建中东铁路是亦步亦趋、步步紧逼。转年 3 月，按双方签订的《建造经理中国东省铁路合同》规定，大清东省铁路公司正式成立，总部设在圣彼得堡，分公司设在北京东交民巷华俄道胜银行，特派吏部左侍郎驻德公使许景澄为董事会总办，俄国人盖尔贝茨为董事会办，任命尤格维奇为中东铁路总工程师、中东铁路工程局长，负责中东铁路的设计与施工。大清东省铁路公司还有中国投入华俄道胜银行的股银一并作为投资。合同还规定，自合同批准之日起，12 个月内中东铁路工程必须开工。

# 第一趟火车开进“秦家岗”

## 火车的名字叫“温尔顿号”

1899 年 3 月的一个上午，哈尔滨埠头松花江边的一条简易铁路上，停靠着一台崭新的、富有仪式感的蒸汽机车，后面连挂着几节车厢。机车冒着青烟，偶尔也鸣一两声汽笛，很有些趾高气扬的样子。俄国人要在这里举办一个简单的开行庆典。车站还没有来得及修建，周边是大片的湿地和密密匝匝的灌木，杂草丛生。参加庆典的中东铁路官员和技术人员在即将启动的火车头前合影留念，众目之下，车轮转动，一声长笛划破松花江上空。哈尔滨历史上第一趟火车缓缓启动，由江岸开进秦家岗（今哈尔滨南岗区）。“哈尔滨是一个火车拉来的城市”之说可能就是由此而来吧。也是在这一天，中东铁路哈尔滨至阿什河（今阿城站）之间临时通车，该站成为中东铁路第一个通车的车站。

看上去，这台机车的装备并不复杂，车头上那个像大蒜头倒置的烟囱却很引人注目。这台叫作“温尔顿号”的火车头，一听名字就知道并非是俄国所造。19 世纪末 20 世纪初，尽管中东铁路由沙俄负责建设，但其还没有生产火车头的能力，只好通过俄国和美国温尔顿公司在哈尔滨成立的铁路总工厂签订一张订单，购买了这台机车。订单不仅详细说明了所订购火车头的机型、数量等，还标明了这批火车的用途——用于中东铁路的修建。

第一列火车是工程用车，主要是解决工人、工具及枕木等建筑材料的运输等重要问题。俄国人早在铁路修建之初，便计划向哈尔滨运送一列工程用火车。1900 年，第一列火车由海参崴登船，经黑龙江、松花江运送至哈尔滨，在今天的道里区九站码头登岸。火车登岸后，经临时修建的火车轨道运送至江边的铁路总工厂。这列火车除火车头外，还有勘测、运输等十余节车厢。当时，大批工人就是乘坐这列火车每天往返修建铁路。

中东铁路从哈尔滨松花江边开始铺轨，经秦家岗到香坊，然后向东一路延伸。工程局敲定在哈尔滨松花江南岸建设码头和火车站。松花江站（码头）即成为哈埠最大的物资集散口岸。施工任务由工程局第九工段第一分工区承担。数以千计的中国劳工在松花江南岸平洼筑坝，夯实江堤，铺设铁路，修建站舍。那时的松花江堪称黄金水道。据《远东报》记载，从 1898 年至 1902 年没通火车的几年间，俄国经松花江向哈尔滨运输各种物资高达 65 万吨，筑路所需机械

设备，一些特殊钢轨、钢梁大部分由俄国经黑龙江、松花江航运到哈尔滨。当时筑路工程技术人员主要为俄国人，也有从其他国家招募的技术人员。中东铁路从关内招募大批工人到哈尔滨后，再分别派往东西线，招募的筑路工人最初为 1 万多人，3 年后迅速增加到 20 万人。

刺耳的笛声打破了松花江两岸的宁静，从此，中国东北有了“哐当哐当”响着的火车。

## 大本营定在了“田家烧锅”

沙俄为什么将中东铁路的运输枢纽选择在了一个渔村，有三种说法：第一种说法，哈尔滨位于满洲里和绥芬河的中间，和旅顺可连成一条距离最短的直线；第二种说法，哈尔滨位于松花江畔，便于从水路运输筑路材料，而且附近地势开阔，有较大发展

⊙ 参加庆典的中东铁路官员和技术人员在即将启动的火车头前合影留念。

余地；第三种说法，当时哈尔滨地区只有一些分散的、人口较少的村屯，距离黑龙江、吉林行政中心较远，避开了人口稠密的呼兰、阿城、双城等地，便于俄国人移民和扩张势力。在中东铁路筑路的短短几年里，哈尔滨就云集各国移民达 1.4 万人。

那份在俄国签订的“密约”墨迹未干，李鸿章还没回到京城，沙俄已经紧锣密鼓地开始了筹建工作。先是在中国的宁古塔举行中东铁路开工仪式，接着是大队人马理直气壮地开进中国东北。一支中东铁路工程局的先遣队在工程师希德洛夫斯基带领下，由海参崴，经三岔口、宁古塔、吉林、榆树、拉林，一路向哈尔滨方向开进。这批人员中有工程师、气象技师、厨师、医生、工人以及负责保卫的半个连的步兵，共计五十多人，经过一个多月的跋涉，和更早留守在哈尔滨“田家烧锅”酒坊（今哈尔滨香坊区）的俄国测绘人员会合。他们在哈尔滨周边进行几次选址后，选择了距江边 8 俄里远的“田家烧锅”。这里有 32 间房子，虽然有些破败，但墙壁和屋顶完整，修理起来并不困难。再就是远离江边，可免水患。于是，“田家烧锅”就成了中东铁路工程局的大本营。

又过了 3 个月，中东铁路副总工程师依格纳齐乌斯，率领工程局技术人员乘一艘名叫“神圣应诺肯齐”的俄籍货船，船上装载着生活和办公用品，沿乌苏里江、黑龙江，抵达哈尔滨江沿码头。1898 年的 6 月 9 日，中东铁路工程局在“田家烧锅”挂起招牌“开张”了。中东铁路公司将这一天确定为中东铁路开工的纪念日。后来，俄国人也把这一天作为哈尔滨这座城市的诞生日，同时宣布中东铁路全线开工。

⊕ 当时筑路工程技术人员主要为俄国人，也有从其他国家招募的技术人员。

## 干线和支线在“老站”接轨

1898 年 6 月 9 日，中东铁路正式开工修建。铁路以哈尔滨为中心枢纽，分别向东、西、南三个方向延伸。东西干线从满洲里至绥芬河之间展开，被划分为 13 个工段。不到 1 个月时间，俄国得寸进尺，又强租旅顺、大连，强迫清政府签订《中俄续订东省铁路支线合同》，允许俄国人修建一条从中东铁路到旅顺的支线，连接点最后确定在哈尔滨，这条支线被划分为 8 个工段。在铁路建设中，除了工程技术人员和熟练工种是俄国员工以外，所有的土、木、石工及其他繁重的体力劳动都由中国劳工承担，最多时达 20 万人。

中东铁路的修建是区段式通车，若干工段，竣工一段，通车一段。不管线路质量如何、速度多少，反正是“期到必成”。到了 1903 年 7 月 13 日，中东铁路总工程师尤格维奇用电话宣布中东铁路全线通车。这一说法，既无文字记载，也无史料考证。但久而久之，人们也就认定了中东铁路开通是这个日子。

# 大铁路在“卜奎”打了个弯儿

## 大铁路为何没进“卜奎”城

“卜奎”是哪儿？就是现在的黑龙江省第二大城市齐齐哈尔。100多年前修建中东铁路的时候，它可是黑龙江省的“大哥大”，相当于现在所说的“省会”城市，是黑龙江政治、军事、经济、文化的中心。但是，中东铁路干线恰恰是在这里打了一个弯儿，绕道而行，把齐齐哈尔给“甩”了出去。这应该是中东铁路筑路史上最“奇葩”的一件事。

卜奎城因嫩江边的一个驿站而得名。康熙二十七年（1688年），康熙看到一份“择一形势之地，筑城聚居”的奏折后，当即口谕：“著不误农时，乘闲筑城。”并钦赐城名：齐齐哈尔！

一座古城，历经了400多年，76任黑龙江将军曾经镇守于此。虽然古城城门今已不存，但是现存的一段城墙和城市中心修复后的

“军督署”依然见证着悠长的岁月。

按常理，城市多是交通枢纽，是铁路、公路必经之地，细细数来，概莫能外。而齐齐哈尔这座老城却是个另类。

在 1896 年 9 月 8 日中俄签订的中东铁路合同上明明写着“凡勘定该铁路方向之事，应由中国政府所派总办酌派委员，同该公司之营造司暨铁路所经之地方官和衷办理”。1897 年 1 月，中东铁路公司最初的方案上也基本确定了铁路走向，是经过齐齐哈尔的。可是不久，俄方却一改既定方案，将中东铁路线路南移，即现在从满洲里至哈尔滨，经过富拉尔基、昂昂溪、榆树屯的线路，把齐齐哈尔给甩了出去。

身居中东铁路公司中国要员的许景澄不干了。明明说好了的事，怎么突然变卦了。他断然拒绝了俄国将线路南移的要求。黑龙江将军恩泽也于 1897 年 6 月 9 日电告总理衙门：“查中俄会建铁路，本意所在原为厚民生而资利用。理必就现有城池地方经过，庶货物辏集，搭客众多，地方因之兴旺，买卖借以增益，固不嫌路之曲折也。今俄人欲改初议路线，拟走蒙古草原，直至伯都纳。虽路平坦，究之一片荒土，人烟绝少，毫无生意；意将齐齐哈尔省城撇在一边，诸事不便，两国均无利益。”

清政府发出了微弱的“抗议”，有正义感的中国官员也抗争了，坚持要求铁路通过齐齐哈尔。可是，掌控权不在手里，说话怎么会好使？

随之，中东铁路破土动工；随之，全线通车。货物从南边的昂昂溪进入，人流向昂昂溪方向移动，乘火车到齐齐哈尔，要在昂昂溪下车，因此当时的昂昂溪火车站就叫作“齐齐哈尔站”了。眼看着城市中心开始南移，省城齐齐哈尔被铁路甩了，名曰齐齐哈尔站，可是站址却在昂昂溪，清政府也只能是“哑巴吃黄连”了。

## 不行，说啥也得有咱自己的铁路

“火车一响，黄金万两”。眼看着火车带来的交通便利和人气儿，官府和商贾们一合计：不行，说啥也得有咱自己的铁路！

国人自建铁路，齐昂铁路首当其冲。政府署理黑龙江将军程德全认为“江省僻处极边，为东北屏蔽，而黑龙江城尤居形胜，乃自东清铁路开通，不独险要全失，而商货之流通，官家之转运，均仰息于人，一旦有故，则声息不通，坐困一隅”，因此，“非修铁路别无抵制之方”。这是官话。用现在的话说，就是“丢不起那个人”或“咽不下这口气”！ 1906 年初，程德全为“便捷省城交通及省属旗民之生计”起见，奏请清廷批准，以清廷积欠黑龙江五司八旗官兵津贴，收回八旗原领荒价计“行平化宝银”32 万两，发行股票 6400 整股，修建自省城齐齐哈尔至昂昂溪的齐昂轻便铁路。奏请随即得到清廷批准，不到半年，黑龙江省齐昂铁路公司成立，公司设在省城齐齐哈尔西关，为有限公司，称“官商合办”。又用了

① 货物从南边的昂昂溪进入，人流向昂昂溪方向移动，乘火车到齐齐哈尔，要在昂昂溪下车，因此当时的昂昂溪火车站就叫作“齐齐哈尔站”了。

不到两年，齐昂铁路开工修建，正线仅有 27.1 公里，设车站 3 处。命运多舛的年代，真是一波三折。齐昂铁路原计划自省城齐齐哈尔至中东铁路的齐齐哈尔站（昂昂溪站），因中东铁路公司拒绝进入该路用地，几经交涉未果，铁路只修到昂昂溪站东 1 公里的红旗营子屯，直到 1914 年 1 月，经齐昂铁路公司与中东铁路公司协商后，齐昂铁路才向西延伸至昂昂溪站。后来因各种原因铁路逐渐萎缩，这段铁路于 1936 年以 13 万元伪币卖给“满铁”所谓“齐齐哈尔铁道管理局”，不久被全部拆除。

铁路不长，修建时间很短，用了 1 年零 10 个月，齐昂轻便铁路竣工，1909 年 10 月 1 日开始运营。也就在中国东北这条不起眼的轻便铁路正式运营的第二天，中国第一条自行设计和修建的京张铁路，在南口车站举行盛大通车典礼仪式。从长城脚下到边关塞外，不断传来的消息宣告：中国结束了没有国人自建铁路的历史！

就这样，清末民初，中国地方政府为争取本地的交通权益，把东北铁路修建和运营的权利从沙俄和日本两国的控制中解脱出来，从 1909 至 1930 年期间，出现了“国人自建铁路热”，在黑龙江地区，中国官商陆续修建了齐昂、穆棱、洮昂、呼海、齐克、鹤岗等 6 条铁路，总长共计 725.8 公里。它们像毛细血管一样，伸张在中东铁路沿线。其中齐昂轻便铁路建成于清末，其余 5 条铁路皆为民国初期所建。各路独立，自负盈亏。

## 回头再说昂昂溪

最初坊间流传这样一句顺口溜形容昂昂溪："没有树，有蒿子；没有山，有土包子；没有水，有泡子。"可是，有了中东铁路，厉害了——昂昂溪。

昂昂溪，地名源于蒙古语，意思是"狩猎场"，远古的先民在这里创造了具有北方渔猎文明鲜明特征的"昂昂溪文化"，并轰动世界。中东铁路通车后，这里成为一座重镇，并且有了一条异域风情十足的罗西亚大街。

罗西亚大街的街区建筑始建于光绪二十七年（1901 年）。罗西亚大街位于昂昂溪道北社区，全长 2000 延长米，东西走向，两侧均匀分布着具有百年历史的俄式建筑，形成以昂昂溪火车站为中心，民居、教堂、文化、体育、医疗等设施齐全、功能完善、布局合理的建筑群。现存的俄式建筑有 125 栋，有火车站、中东铁路俱乐部、苏军烈士陵园、教堂遗址等，是中东铁路沿线保存最为完整、最集中、数量最多、最能体现俄罗斯民族建筑特征的建筑群。2014 年 8 月，国务院批准齐齐哈尔市为国家历史文化名城，昂昂溪以及罗西亚大街再一次升级，正式跻身成为国家第一批历史文化街区。2020 年夏秋之交，昂昂溪迎来了百年新生，当地政府与铁路部门协商，对该站旧址进行全面修缮，历时 3 个月时间。罗西亚大街金叶铺地的时候，昂昂溪站以新姿迎接天下观光客的到来。

⑦ 异域风情十足的罗西亚大街。

风刮卜奎数百年，唯有今朝春风渡。昂昂溪和它的“兄弟”富拉尔基一并成为新中国的重工业基地，成为“钢铁巨人”的诞生地，是齐齐哈尔所辖的一个区。如今，卜奎城不仅通火车，还有了高铁，哈齐高铁穿越松嫩大平原、大油田、大湿地。卜奎已成往昔，鹤城享誉世界，一代代人酿出来的北大仓就出自这里。

这正是：一瓶酒，一座城，一轮朝夕；一杯酒，一方土，一段回忆。

## 许公景澄与詹公天佑

许公，中东铁路公司第一任督办，为数不多的中国官员之一许景澄也；詹公，“中国铁路之父”詹天佑也。许公和詹公不仅与中东铁路命运休戚相关，而且和哈尔滨铁路之情缘青史长存。

许景澄，1845 年生于浙江嘉兴，字竹筠，世称许公，中进士，选庶吉士，授翰林院编修。其从政之初，正值洋务运动兴起，许景澄借鉴西方先进思想，推崇“外交强国”的主张，备受总理衙门大臣文祥器重，曾出使德、法、意、奥、荷五国，兼管比利时使务。1890 年又任驻俄、德、奥、荷国四国公使。

中日甲午战争中国战败，清政府与日本签订《马关条约》。沙俄见有机可乘，遂联合德、法“三国干涉还辽”，又通过“四厘借款”，“帮助”中国赎回了辽东半岛，获取了清政府的好感和信任。随之，沙俄又打着“联合拒日”的幌子，紧锣密鼓地实施“借地筑路”计划。

为了试探中国政府和各国的态度与反应，从 1896 年 3 月开始，

㊤ 许景澄，中东铁路公司第一任督办。

沙俄利用报刊在中国国内大造舆论。随着《中俄密约》的签订，许景澄代表清朝政府与华俄道胜银行交涉，签订了《中俄合办东省铁路公司合同》等条约，仔细分析了俄国向中国借地筑路的有关讯息，识破了沙俄假借筑路进行侵略的阴谋，连续上奏清廷提醒注意；并将 6 月 5 日、6 日两日《俄国时报》译成中文，呈送总理衙门参考备查。在圣彼得堡进行的“借地筑路”谈判中，俄财政大臣维特屡次向许景澄提出非分要求，均被许景澄拒绝。

1896 年李鸿章访俄，许景澄随即被推到了与沙俄签订《入伙伙开银行合同》《建造经理中国东省铁路合同》的风口浪尖。为维护国家主权，他对每一条款都字斟句酌，对不利于中国的条款据理力争。7 月 3 日，他在给清廷的电报中，就轨距依照俄国定式和铁路 80 年归还中国期限等问题，阐述了自己的意见。清廷电令许景澄对下述四条务必商改：轨距宽窄应照中国定式，俄国火车运行到中国边界应行换车；开出矿苗（煤矿）等事宜另议办法，但不能免税；中俄相互经此铁路的进出口货物，应照中国关税纳税，而不是三分之一；铁路应于 36 年后返还中国。许景澄在谈判中与沙俄代表罗曼诺夫等人展开激烈争辩。由于在轨距问题上双方僵持不下，谈判进展缓慢。

谈判中沙俄软硬兼施，企图收买许景澄，许诺他担任中东铁路公司董事长职务，华俄银行也通知许景澄“总办公费每年 1.5 万两白银”。许景澄不为所动，愤然而起：“现在任职及以后到部，中国本有岁俸，不愿多支，但将电报费及凡涉公司用项，计数开支，以最直捷。”这笔每年发给他的 1.5 万两白银的办公经费，除用于电报费等少量开支，其余许景澄全部上交总理衙门。后来，这笔款项被移作修建北京城街道。许景澄高贵的人格令俄方代表暗中钦佩。

《中俄合办东省铁路公司合同》签订了，但是许景澄与沙俄的斗争并未停止。他一方面力阻中东铁路南移，当中东铁路走向勘定后，沙俄节外生枝提出线路南移要求，即经伯都讷、吉林宁古塔出境。许景澄看出沙俄扩张意图，便以吉林一带居民密集，况且两国约文未载明为理由，断然拒绝了沙俄的贪婪要求。另一方面，为防止沙俄借转运筑路材料之机夹带私货，经许景澄交涉，公司理事会颁布有关章程，使俄国商船漏税现象明显减少。

1900 年爆发了义和团运动，许景澄与太常寺卿袁昶一起，三次联名上书反对借义和团运动压制洋人，以免出现内忧外患之变局。这下激怒了“老佛爷”，再加上朝廷内部争斗激烈，谗言者之众，把许公“奏了一本”。同年 7 月 28 日，以“莠言乱政”“任意妄奏”的罪名，许景澄等 5 人被斩首于北京菜市口。临刑前，许公犹以京师大学堂经费为念，将存于俄国银行的 40 万两白银的办学经费存折交给清廷，防止外国人赖账。

可叹，许公壮志未酬身先死。翌年，许景澄的灵柩被送回浙江安葬。1909 年，清廷追谥许景澄等三人为“三忠”，在杭州西湖建“三忠祠”。继而，中东铁路公司召开会议，决定在中东铁路兴建 25 周年时，拨款 3 万卢布，在今哈尔滨市一曼街修建许公纪念碑，在今哈尔滨市道外景阳街南段修建许公路，将道外通往南岗的跨铁路桥命名为许公桥，在南岗邮政街创办许公纪念实业中学，后更名为许公储材学校。1925 年 2 月，后来的抗日将领赵尚志考入这所学校补习班，受到革命思想的影响，在这里加入了中国共产党，组织了哈尔滨市最早的学生会组织。

许公身在官府，为路权据理力争；而詹公则是站在中国工程技术人员的立场，为争得路权不辞艰辛，鞠躬尽瘁；以许公命名的学校遗址在“大石头房子”后面，而詹公塑像如今矗立在“大石头房子”的前面。两位虽未曾谋面，但是都与中东铁路命运息息相关，都一直关注着这条铁路。

人们对詹公设计修建京张铁路的历史功绩都耳熟能详，但对他为中东铁路争得路权的斗争可能就知之甚少了。1917 年俄国“十月革命”后，美、俄、日等协约国拒绝承认新生的苏维埃红色政权，支持残留在远东的旧沙俄势力，并企图乘机夺取中东铁路主权。1919 年 1 月 15 日，由美、日、英、法、意、俄（流亡政府）加上中国北洋政府，组建共管远东铁路委员会，接管俄国的西伯利亚铁路，并把中东铁路也包括其中。北洋政府开始时反对国际共管中东铁路，后迫于帝国主义列强压力又同意监管方案。同年 2 月 18 日，北洋政府召开内阁会议决定，委派中国驻俄公使刘镜人为监管委员、川粤铁路督办詹天佑为技术部中方代表，参加监管事宜。

詹天佑在主持修建汉粤川铁路 7 年中，长期奔波于铁路沿线不得休息，后又忙于粤川铁路武昌至长沙段的通车事宜，因操劳过度身体状况越来越差。1918 年秋天，詹天佑患上腹疾，几经治疗未愈。詹天佑接到委派时正在汉口家中养病。夫人谭菊珍劝詹天佑病好后再去赴任，但詹天佑以国事为重带病来到北京。到北京后，詹天佑病情加重，他面见交通总长曹汝霖，请曹汝霖改派他人，未果，詹天佑只好抱病前往。临行前，他自感身体难以支撑，特意带上刚刚在美国耶鲁大学土木工程系毕业归国的次子詹文琮陪同照料，与中国工程师颜德庆、俞人凤于 1919 年 2 月底乘火车赶到冰天雪地的哈尔滨，又转乘火车奔赴海参崴。

西伯利亚的寒流席卷着远东的这座边城。1919 年 3 月 5 日，

↑ 为国家争取路权，詹天佑抱病北上，前往冰天雪地的海参崴。

协约国共管西伯利亚和中东铁路委员会在海参崴正式开会。詹天佑辗转多日到达这里。他以病痛之躯，大义凛然，时而拍案而起，时而拂袖而去，与共管委员会的美、日、英、法、意、俄等国代表针锋相对，据理力争，多次指出中东铁路应由中国经营，不容他国插足干涉。当时正值第一次世界大战结束，在巴黎举行和平会谈。詹天佑和刘镜人一起致电与会中国代表，反对国际共管中东铁路、侵犯中国主权。

会议期间，出于会议调查等程序需要，与会各国代表需往返于海参崴与哈尔滨两地。詹天佑查阅资料，制订方案，写发言稿，且日夜兼程不得休息，身心俱疲。然而，弱国无外交，美、日、英、法等国代表对詹天佑的发言不予理睬。此间正值隆冬季节，滴水成冰。他身为南方人，气候寒冷，饮食起居不调，加上公务繁忙，心情郁闷，终因肠疾日益严重而病倒。4 月 15 日詹天佑离开哈尔滨回到汉口，20 日晚住进武汉仁济医院，生命垂危。24 日下午 3 时，詹天佑与世长辞，享年 59 岁。

詹天佑逝世的消息震惊中外，世人无不为失去一位杰出的铁路专家而深感惋惜。汉口、北京、天津、广州等地举行公祭。中东铁路机关报《远东报》报道："今天午 12 时，秦家岗铁路俱乐部为詹天佑技师开追悼大会。闻铁路公司人员及领事团各机关代表皆到会行礼云。"

在詹公病逝近百年后的 2016 年，哈尔滨铁路局将"中东铁路俱乐部”改建为“哈尔滨铁路博物馆”。为了让后人瞻仰他的历史功绩，博物馆外面辟出了一个广场，命名为“詹天佑广场”。

在离开哈尔滨近百年后，詹公今天又回到了这里。

哈尔滨的秋天，白云高远，风清气爽。2016 年 9 月 29 日上午，刚刚落成的詹天佑广场伴随着詹天佑先生铜像揭幕，正式对外开放。

詹天佑广场位于哈尔滨市西大直街与复兴街交会处、中东铁路百年建筑——中东铁路俱乐部西南角，与哈尔滨铁路局办公大楼相呼应。广场规划面积 2800 平方米，整体布局呈铁路路徽造型，具有鲜明的铁路特征。广场呈圆形，外环直径 19.46 米，平台内环直径 12.12 米，寓意哈尔滨铁路管理局 1946 年 12 月 12 日成立。广场中心矗立的詹天佑先生铜像总高为 7 米，寓意广场落成年份恰好为哈尔滨铁路局建局 70 周年，雕塑基座造型来自于哈尔滨市具有百年历史的霁虹桥柱础部分造型。

这是目前国内最高的一尊詹天佑塑像，由中国詹天佑科学技术发展基金会捐赠。

# 霍尔瓦特其人其事

## 霍氏官邸：白毛将军府

说中东铁路，自然离不开霍尔瓦特这个首任局长。因其头发、胡须皆白，坊间都叫他“白毛将军”。

白毛将军的大名是狄米特里·列奥尼德维奇·霍尔瓦特，1859年出生于俄国乌克兰的波尔塔瓦省克列明楚格市一个旧贵族家庭。1878年他在尼克拉耶夫斯克工程学校毕业后，曾在野战军当上尉，参加了俄国与土耳其的战争，战后进入工程学院。1885出校后，他在外里海铁路和乌苏里铁路供职，曾任工长、机车司机、工程师。据说，他倚仗岳母与沙俄皇后的亲属关系走上仕途，当了一阵乌苏里铁路局局长。中东铁路通车运营时，他以上校军衔出任中东铁路第一任局长，后来晋升为中将。“将军”之称，可能就是这么来的。

在今哈尔滨市香坊区卫生街南端，有一处俄式建筑，黄色墙面，

① 位于哈尔滨市香坊区卫生街南端的这栋俄式建筑，曾经是霍尔瓦特的私人官邸，到现在，老百姓还叫它“白毛将军府”。

穹顶式窗户和突出的女儿墙十分和谐，又显得很气派。这里曾经是霍尔瓦特的私人官邸，到现在，老百姓还叫它“白毛将军府”。这座建筑是中东铁路通车那年建成的。承建这座建筑的是一个中国“开发商”，姓张，是东香坊的一个大财主，早年曾留学俄国，又是俄语翻译，所以他很自然地揽上了这项工程。

中东铁路管理局当时在南岗已经给霍氏安排了官邸，既方便上下班，又便于护卫。可是这个脾气古怪的家伙颇信一点儿中国的风水学，觉得南岗不如远离人群的香坊，既利于“闲情逸致”，又避免人多眼杂。所以，他决定把官邸建在“田家烧锅”附近。

承建者深谙俄国人的生活习惯，又想讨霍尔瓦特的欢心，便按照霍氏的意愿为其修建了一处花园式官邸。除住宅外，办公室、会议室、会客厅、警务室、厨房、餐厅、仓库、地道等一应俱全。此外，还有一处 4000 多平方米的花园，里面有草坪和异木奇花，每逢春夏季节，枝叶茂盛，花团锦簇，显得十分幽静。在这周边，有牧场、农场和大片空旷的农田，便于骑马、狩猎。当然，在这异国土地上耀武扬威，总是心里不托底。所以，他又让人在官邸四周修了两米高的围墙，不仅配备了一队哥萨克士兵，还养了两条大狼狗。

不可一世的白毛将军，当年常着一身将军服，佩戴着徽章，由一队卫兵保卫着，相当地招摇。有时候，他坐着马车和护送他的车队沿着霍尔瓦特大街（今哈尔滨市中山路）去位于“秦家岗”（今哈尔滨市南岗区）的中东铁路管理局上班。车队经过，铃铛响起，马蹄踏在面包石上，发出清脆的“哒哒”声。每当车子经过霍尔瓦特大街时，他都会捋着胡须，春风拂面般洋洋得意。有的时候，他也会坐着专列去上班。专列只有三节车厢，是中东铁路上唯一的一列通勤车，办公、生活、护卫、观光样样不少，内设豪华。“白毛将军府”院内有铁路线通香坊火车站。他在院内就能登上“通勤车”，到“老站”换乘四轮马车，沿松花江街到“大石头房子”上班。

## 官邸主人野心勃勃

霍尔瓦特年富力强，野心勃勃。他想为沙皇圈占一块地，从而为自己加官进爵增加资本。他经常在官邸召开军政首脑秘密会议，研究侵华策略，计划将“北满”吞并纳入俄国版图，向他的主子“进贡”。这个花木繁茂的花园实则酝酿着阴谋。官邸成为霍氏在中国东北实行殖民统治、对外发号施令的一个“机关”。

他上任不久，日俄战争爆发，霍尔瓦特采取强制性措施保障军事运输。1905 年 11 月，哈尔滨铁路总工厂的工人率先举行罢工，要求解除军管，实行 8 小时工作制。霍尔瓦特先是答应第二天解决，随后调来军队镇压。指使军警采取逮捕、驱除出境等手段，严厉制裁中俄工人，甚至不惜制造流血事件，这些已经是霍氏的惯用伎俩。

日俄战争的炮声，让日、美、英等国势力挤了进来，打破了沙俄在中国东北“一家独占”的局面。霍尔瓦特对中东铁路的控制也

↑“白毛将军”的大名是狄米特里·列奥尼德维奇·霍尔瓦特，1859 年出生于俄国乌克兰的波尔塔瓦省克列明楚格市一个旧贵族家庭。

变本加厉。在未征得中国政府同意的情况下，他擅自发布《公议会章程》，并在中东铁路公司的一项议案中，规定将南岗、道里的部分土地，以及一些企业、机构拨归哈尔滨自治公议会管辖。在他一手操纵下，成立了哈尔滨市“自治会”和“董事会”，这两个机构的所有重要决议，均须经中东铁路公司认可方能实行。接着，他又在满洲里、海拉尔和绥芬河等地相继组织成立了“自治会”，不遗余力推行沙俄侵华政策，为沙俄实现扩张可谓立下了汗马功劳。

这些突出“贡献”得到沙俄政府的赏识，再加上攀附显贵，霍尔瓦特便青云直上。中东铁路通车的第二年，他因在日俄战争中保障军事运输通畅有功，由上校晋升为少将。继而，沙皇尼古拉二世敕令，霍尔瓦特由少将晋升为中将。俄国十月革命爆发后，被推翻的资产阶级、贵族地主和高级军官纷纷逃到哈尔滨等地。霍尔瓦特惊慌失措，便以“护路”为借口，招募3000余名士兵，维持中东铁路秩序。他去北京参加中东铁路股东会议，积极为维护自己的统治而游说各方。他与协约国驻京代表频繁接触，千方百计取得协约国对他的支持。回到哈尔滨后，他又以“护路”为名招募俄国兵1000余名，派赴俄境格罗捷格沃。同时他还组织成立了所谓“救国会”（又名“远东义勇团”），该会设有军事、外交、筹饷、民事四处，虽无政府字样，却系政府组合。霍尔瓦特总理一切，任命普列什阔夫为总司令，竭力维持沙皇时期的反动统治，妄图借助协约国的支持保住他即将失去的“天堂”。

## “驱霍运动”获得成功

霍尔瓦特在中东铁路所建立的殖民统治，激起了中国人民的无比愤怒。1920 年，哈尔滨人民以中东铁路工人为主力，发起了声势浩大的“驱霍运动”。3 月 12 日，哈尔滨 30 多个工人组织联合向霍尔瓦特发出最后通牒，“限其在 24 小时内必须辞职，否则举行全路大罢工”。两天后，北洋政府以中东铁路督办的名义，通知霍尔瓦特辞职。又过了两天，中国派兵进驻中东铁路，解除俄军警武装，霍尔瓦特被赶下台。农历四月五日是中国的清明节，在这一天，霍尔瓦特获准离开哈尔滨，前往北京。即使这样，声讨霍氏的声音一天也没有停止。到了 11 月，霍尔瓦特才被正式免去中东铁路会办和中东铁路管理局局长的职务。

在北京，骄横一时的霍尔瓦特失去了往日的威风，经常受到泼皮无赖的敲诈与恐吓，走投无路，只得曲意逢迎、提心吊胆地过日子。霍尔瓦特十分怀念他入住“将军府”的日子，也曾试图东山再起，可毕竟大势已去，当他听说自己原来的官邸被中国护路军收回并占用后，便彻底绝望了。1937 年 5 月，霍尔瓦特病死在北京的一家德国医院里，终年 77 岁。

## 让一块石碑“说话”

这是一块普通的石碑，陈列在中国铁路哈尔滨局集团有限公司一面坡局史教育馆里。它是当地山上的一种普通石材，些许淡淡的土褐色和风化出的沟壑让材质显得有些粗糙。石碑重约 4 吨，正面刻有“接收记念”四个字，后面是一个“日”字和一些日文。石碑的下面，是一张模糊不清的老照片，注明了石碑的出处。照片上的石碑和实物一模一样，石碑下的台阶上，两侧分别坐着几个日本人，脸上露出几分窃喜。

一块石碑，一段历史。

1905 年日俄战争后，日本从俄国手中抢夺到中东铁路宽城子（今长春）以南的经营权，并建立了所谓“南满洲铁道株式会社”（简称“满铁”）。九一八事变后，“满铁”势力侵入北满铁路，全面攫取东北经济命脉，首先从铁路大动脉开始。日寇只用了两三个月的时间，就实现了事变前数十年的“梦想”，夺取了除中东铁

⊙ 石碑重约4吨，正面刻有“接收记念”，后面是一个“日”字和日文字母。

路以外的既有铁路和待修建铁路的全部路权。

“满铁”首届总裁后藤新平曾恬不知耻地说：“南满铁路是我大陆政策的生命线”“‘满铁’会社是帝国殖民政策或我帝国主义发展的先锋队。”解学诗先生在《伪满洲国史新编》一书中指出，“满铁”和关东都督府、关东军是日本帝国主义扎进“满蒙”、推行大陆侵略政策的三把利刃。也就是说，在刺刀的威逼下，本属于中国的主权，被日寇霸占，中东铁路成为日本侵略者的所谓“战利品”。

当然，这不是一朝一夕的事，而是蓄谋已久。从1894年中日甲午战争以来，日本帝国主义便加速了对中国东北的争夺；时隔10

年，日俄战争爆发，而这场虎狼之斗是在中国东北的旅顺展开的，日军不宣而战，俄军节节败退。日俄战争结束，本来是两个列强之间的输赢，却瓜分了中国的主权和利益。一系列不平等条约接踵而来，中国东北开始被列强瓜分，日本以南满为势力范围，沙俄则退居北部，形成了日俄南北对峙的局面，中国人民的利益成为强盗们私下互相授受的侵略权利。

绑架，滋事，恐吓，暗杀，日本关东军早就把夺取中东铁路所有权的阴谋纳入军事战略之中。从 1932 年 1 月到 1933 年初，仅一年时间，日本关东军就全部控制了中东铁路各站，使苏联管辖的中东铁路陷入困境，一度关闭。也就在这个时候，日本外务省抛出了要由日、“满”、苏三方组成一个所谓的共同委员会来处置中东铁路问题。

苏联政府被迫以“出售”的方式把中东铁路交给日伪。日本见苏联就范后，以傀儡政府伪满洲国名义收购中东铁路，但交涉地点定在东京。这样的话，就等于把拥有中东铁路主权的中国政府完全排除在外了。同年 5 月 9 日，中国政府发表正式声明：“根据条约规定，关于中东铁路权利，系中国及苏联所共有，非中国同意，单方面处理无效。”然而对于一个软弱无能的政府来说，这样的声明又能有何作用？

1934 年，苏联与日本在中东铁路的问题上展开了激烈的讨价还价。这期间，日本在中东铁路不断挑事，蓄意袭击和绑架苏联公民，切断中东铁路与后贝加尔铁路及乌苏里铁路的营运，以图制造事端给苏联施压，使中东铁路经营环境陷于恶化。东方掉入陷阱，欧洲又有纳粹德国开始对苏联国防安全构成威胁。于是，苏联不得不在恢复谈判后让步妥协，以达成“东京协议”。

“东京协议”签订的消息同时传到中国东北，早已按捺不住的“满铁”派来“接收”中东铁路的人员已经提前抵达了哈尔滨，在哈尔滨中东铁路理事会（现龙门大厦贵宾楼酒店）大厅内举行了所谓的“中东铁路移交仪式”。至此，中东铁路一切财产及所属职员，全部隶属于所谓“满铁”，中东铁路理事会、督办公署及路警处解散。

在这场交易中，日寇的威逼抢夺给在中东铁路的苏联员工及家属带来了妻离子散、骨肉分离的惨景。1934 年从 4 月 2 日开始到 8 月 21 日中东铁路最后一批苏联员工、家属撤离哈尔滨及中东铁路沿线，撤离回国的中东铁路苏联员工及家属共计 20635 人，编乘 88 列撤离列车，使用客、货车 3755 辆。到如今，80 多年过去了，当年的苏联遗孤和失散亲人在中国所剩无几，幸运的是，中国开放的大门，让他们往来自由，如同东北的“串门”般方便。

中国东北全部沦陷，中东铁路成为日本侵略者的囊中之物，他们实现了所谓的“用武力夺取东北地区全部铁路交通”的野心。随之，日本侵略者迅速将中东铁路干线连为一体，一些新增的铁路支线也在中国东北迅速蔓延。卢沟桥事变后，“满铁”这个以铁路为名的侵略机器开始“管控”华北铁路全线。

# 侨民潮的起与落

## 移民潮涌来为哪般

中东铁路的修建，使得一大批金发碧眼的俄国管理人员、工程技术人员、工人及其家属来到这里安营扎寨。最初，他们是奉沙皇之命来到中国的。从 1896 年至 1903 年中东铁路勘测、施工到通车的几年时间里，以哈尔滨为中心，生活在这里的俄侨达 3 万人以上，形成了俄侨第一次移民潮。今天，哈尔滨市南岗区西大直街两侧仍然坐落着一些俄罗斯风格的建筑。这些老房子建于 1898 年，是最早来到中东铁路的俄国工程技术人员和管理人员的集体宿舍，是当时哈尔滨最为繁华的俄侨社区。

1918 年至 1930 年是俄侨进入中国东北地区的高峰时期，形成了第二次移民潮。这期间的俄国十月革命以及中国东北地区独特的边境优势，是俄侨增加的重要原因。这些人中主要有大批沙俄时期的政客、贵族、地主、富农，还有许多军官和士兵，以及一些平民百姓。此外，还有一些是律师、作家、医师、工程师、教师及其家属。他们中有的失去了贵族身份，有的对革命持有疑虑而背井离乡，走上了流亡之路。在内蒙古自治区牙克石市博克图镇北侧的山坡下，当年曾经有一片豪华的俄罗斯风格建筑，当地人叫它“别列金大院”。据史料记载，别列金是俄国远东地区的富农，因惧怕俄国革命，1921 年带着家眷及随从十几口人来到中国，在中东铁路沿线山清水秀的博克图小镇落户，做起了面包生意。最红火的时候，他的面包通过铁路销往哈尔滨，摆上了秋林公司面包坊的柜台。“别列金大院”至今还在，只是历经寒暑、风剥雨蚀，俄罗斯风格的住宅以及面包房几近坍塌，只有木刻楞窗棂上的那只木雕的鸟清晰可见、活灵活现。

中国东北地区的俄侨主要居住在中东铁路沿线的城市和村镇。沿中东铁路从东至西具有一定规模的聚居地有绥芬河、横道河子、一面坡、哈尔滨、昂昂溪、博克图、扎兰屯、海拉尔、扎赉诺尔、满洲里等。几乎每个车站的管理人员，包括站长、调度员、货运员，客运员等大都是俄国人。一面坡站是中东铁路时期的一个三等站，当时，车站、机务、工务、站务人员及护路军，高峰期人员达到 500 多人。一面坡这样一个边陲的小镇，整个铁路桥以北区域全是俄国人住宅。

## 相继撤侨有缘由

俄侨涌入事出有因，同样，他们相继从中国撤出，也是有缘由的。俄侨回国大致分为三个历史阶段：第一次是从1929年开始的。这期间，一批俄侨铁路员工或躲避战火，或被中方解雇，回国的人数不多，但的确是俄侨回国的发端。第二次是东北沦陷时期，日本以傀儡政府名义收购中东铁路，俄侨从“主人”变成了“雇员”，苏联在中东铁路沿线的影响力越来越小。日军的铁蹄踏入中国东北地区，白山黑水间哀鸿遍野，经济衰退。由于政治形势动荡，俄侨失业严重，很多人开始有计划地撤离。这些人中大部分是中东铁路雇员以及学校、医院或者其他社会机构工作人员。最后一次撤侨是1952年12月，根据《中苏关于中国长春铁路、旅顺口及大连的协定》，苏联政府把中东铁路全部移交给中国政府，俄侨开始了最后的移民回国潮。

在大规模撤侨期间，东北地区的大部分俄侨回到了本国，还有相当一部分则去了澳大利亚、美国、加拿大、新西兰和巴西等国家。生活在东北地区各地的俄侨人数急剧减少，俄侨社会消失。俄罗斯学者阿勃洛娃说：“到了20世纪60年代初，中东铁路的俄侨几乎全部回国，可以说有关移交中长路的最后协定书，决定了俄侨大量地迁出中国，并且结束了远东俄国移民的历史。”

## 文化遗存为今所用

铁路与人群、城镇、自然景观、文化景观之间的联系和变化、影响与交流丰富又立体。固有的历史文化价值、经济价值、文学价值和社会价值，使一些老铁路上升为一种文化遗产。中东铁路就极富这样的特质，这条铁路的修建与运营、移民潮的出现，见证了中国20世纪早期工业化、城镇化的社会发展历程，同时，它作为一条社会文化的通道，促进了区域文化的交流与融合、异域文化的移植与传播。

当年沿铁道线修建的车站、教堂、学校、兵营、俱乐部和民居住宅等，我们现在习惯称之为“中东铁路老建筑群”。

在漫长的历史演变中，中东铁路融合了包括东北文化、舶来文化、宗教文化、工业革命文化等多种文化因素，相互碰撞、相互兼容，形成了多元文化。中东铁路见证了东西方文化的碰撞和融合，也见证了沿线城市的形成与发展，那穿越时空的轨道，在传承城市文化的同时承载着人们更多的情感。

中东铁路对中国东北地区百姓的生活习惯、社会文化等带来了深刻的影响。即使今天，沿着当年中东铁路的路线到小站、城镇或乡村走一走，人们还能感受到异域风情至今仍影响着人们的生活。有的人家住的还是当年俄罗斯人留下的老房子，延续着当年俄罗斯人的一些传统习惯，管面包叫“大列巴”、瓜子叫“毛嗑”，管水桶叫“卫得罗”，把女孩子穿的裙子叫“布拉吉”。他们喜欢喝啤酒或高度白酒，喜欢吃红肠、面包，有些地方至今还保留着酿酒、制作香肠的作坊。在博克图、扎兰屯、一面坡、横道河子等地，住着当年俄罗斯民居的人家至今保存着完好的酒窖，用来储藏水果和蔬菜。

城市是有记忆的。从中东铁路开始建设，沿途的城镇规划就注定了她拥有的异域建筑风格。自开埠兴城之日起，哈尔滨就迥异于我国其他大城市。据统计，20 世纪 20 年代初哈尔滨约有 12 万俄罗斯人居住，给这座因铁路而兴的城市增添了浓厚的俄罗斯文化色彩，而当时薄弱的政权组织，分治的政治局面，以及西方文明的进入又为哈尔滨营造了一种超越民族的文化氛围。以俄罗斯式、新艺术运动、折中主义、日本近代式的建筑为基调，同时还有与这些建筑相配合的整体环境，构成了哈尔滨独有的特点。哈尔滨的老建筑，成为城市形象的“大使”和城市历史的“博物馆”。

中东铁路同时承载着人文历史。在漫长的历史演变中，融合了各种文化因素，通过复杂的交融构成了开放的中西文化视野。从 1900 至 1917 年，俄国人在中东铁路及沿线创办刊物 71 种。其中，在哈尔滨办的杂志 27 种，报纸 27 种。1906 年 3 月 14 日创刊的中东铁路中文版机关报《远东报》，影响力远远超出中东铁路沿线，当时的报纸涵盖政治、经济、事实、要闻和副刊，是名副其实的哈埠第一大报。同时，教育、文化、艺术的兴起让这座东北亚最著名

↑ 哈尔滨工业大学的前身中俄工业技术学校。从 1898 年到 1917 年，不到 10 年时间，俄国人在哈尔滨开办了 28 所学校。

的城市充满了活力，哈尔滨工业大学的前身中俄工业技术学校，哈尔滨医科大学的前身哈尔滨第一齿科学校脱颖而出。从 1898 年到 1917 年，不到 20 年时间，俄国人在哈尔滨开办了 28 所学校。先后有 19 个国家在这里设立领事馆，外资银行和外资保险公司达 60 余家，有 33 个国家的 16 万余侨民在这里居住。东方哈尔滨成为犹太人的第二故乡。以色列驻华大使海逸达博士在一篇文章中深情地写道：

“成千上万的犹太人为躲避迫害而从沙俄和东欧脱离，来到中国的哈尔滨重建家园，在那儿他们真正体会到了人道主义的意义所在。”

# 第二章

# 小站往事

“铁路世界遗产，不仅需要历史传奇，而且需要景观之美，它们应该是有历史的、沿线景色绮丽的铁路线。”这是“老铁路”世界“申遗”的一个基本条件。纵览中东铁路沿线小站，它们毋庸置疑地具备这种品质与要义。

这些造型迥异的小站，就像一幅幅充满了异国风情的油画，镶嵌在中东铁路沿途。它们从历史的深处走来，承载着悲欢离合、兴衰起伏，见证着烽火硝烟、沧桑巨变。推开那虚掩的门扉，靠近那残垣断壁，触摸那裸露的黄墙青石，青藤爬满的往事，尽在胸中激荡。

## 这里是格妮娅曾经的家

这是松花江哈尔滨段北岸的一座小火车站，也是俄罗斯女孩格妮娅曾经的家。

小站与喧闹的城市隔江相望，步步紧逼的高楼大厦已经开始蚕食它狭窄的空间。火车从哈尔滨站向西北开出，飞跨松花江大桥，头一站就经过这里。从前，大多数客车还能在站上停一停。现在，车站没了，原本就很寂静的地方更加冷清了。

几棵柳树、榆树扭扭歪歪地疯长着。碎石、砖块垒起的一道道农家围墙里，沙果树上挂满了青青的果子，蔬菜长势茂盛。一条狭长的小路，两边长满了野草，偶尔冒出几朵小花，喜盈盈的。一只小狗不时汪汪地叫上两声，恬静中多了几分生气。

这个地方叫庙台子，已经有 100 多年的历史了。有人说，这里曾经有一座庙，虽然不大，但是香火兴旺。也有的人说，压根就没那么回事。不管怎么说，这里有 100 多年了。

⊙ 碎石、砖块垒起的一道道农家围墙里，沙果树上挂满了青青的果子，蔬菜长势茂盛。

庙台子南面与松花江北岸之间的那道战壕，今天还依稀可见。据说，当年义和团从江北攻打哈尔滨，就是在这里开的炮。几十年前，还有人见过这里坚固的炮台，因此当地人称这条战壕是“炮台沟”。炮台已经被风沙掩埋，那两座冰窖和几栋俄式的黄房子还依然健在，述说着往事。

## 冰窖藏在榆树下

一场春雨过后，我们踏着泥泞，深一脚浅一脚地走进庙台子站，一棵大榆树吸引了我们的目光。大榆树下有一个盖满了枯草树枝、几近倒塌的建筑，这就是庙台子中东铁路建筑群中的百年冰窖。

这座俄式冰窖外形奇特，远看像一座堡垒，近看是一间房子，门和窗的轮廓依稀可见，入口两边是青砖砌筑的八字形挡土墙，右侧有一耳房作储藏室。这座冰窖建于 1901 年，主体由花岗岩石砌筑，采用 5 根每米 32 公斤的钢轨作梁，白灰青砖发碹结构顶盖，设有两道木门，进门可沿木梯入窖，建筑主体基本保存完整。

冰窖虽然不大，但冬暖夏凉。中东铁路那年月没有冰箱、冰柜，冰窖在每年 3 月初储满冰，到春夏两季把牛奶和生活供应车送来的生活物资存放到里面，保鲜是没得说。当年，在庙台子站区当养路工长的格里巴夫一家就把自家产的牛奶放在冰窖里，放很长时间还能鲜美无比。1935 年，苏联籍人员回国后，这座冰窖由养路工人刘堂使用。1957 年，房产部门将冰窖改动修缮，囤填了窖坑，改成了职工住房。从那以后，先后有 3 名职工在里面住过，直到 1970 年最后一户人家搬出，车站将其作了仓库。

现在，在冰窖附近住着的 80 多岁的常姓老人一家，就是最后一个搬出冰窖的住户。他是一名铁路职工，退休已经 30 多年了，他的两个儿子当年就出生在冰窖里。因为当时困难，没有房住，他就自己拉着推车，用炉灰把冰窖里的深坑垫起来，这里就成了他的家。现在，他和老伴住在冰窖后面的老宅子里，前后园子种满了苞米、蔬菜。尽管已是深秋，他只是穿着一件背心，戴着一顶草帽，背微微有些驼，手里不停地忙着干活儿。

常老嘴里总是念叨着："没有我，那个地窖早就废了。我找来些树枝、柴草把它盖起来，保护好，还有人说我破坏文物，把我告到了村委会。"老人一脸的委屈。原来，修哈齐高铁的时候，就有人建议把冰窖拆了，没拆了，便把这里当成了厕所。老常为了保护冰窖，就把一些柴草覆盖在上面，免遭人为破坏。

车站的西侧还有一座冰窖，建于 1903 年。冰窖坐西朝东，由花岗岩石和水泥砌筑基础，老式红砖和水泥砌筑墙体，采用拱型发碹顶盖，由虎头砖砌筑小屋檐。窖内是水泥砌筑方格式储冰槽，还有冰融化时的流水沟，精巧奇特。如今，冰窖掩映在一棵大榆树下，裸露的红砖外墙有的已经开始风化，周边堆满了残土瓦砾。

↑ 大榆树下有一个盖满了枯草树枝、几近倒塌的建筑，这就是庙台子中东铁路建筑群中的百年冰窖。

## “黄房子”里的跨国姻缘

在庙台子站区，百年建筑除了这两座冰窖，还有三栋俄式老房子。因外墙大都是刷着黄色涂料，所以当地人习惯称之为“黄房子”。其中，两栋在滨洲铁路西侧，另一栋在东侧。

铁路西侧的“黄房子”中，一座建于1901年，百十平方米的建筑面积，以花岗岩石和白灰砌筑基础，老式青砖、白灰砌筑墙体，坐东朝西、南北格局，采用红松木质脊架、水泥瓦盖、大屋檐、双层木质门窗、两户型木质雨搭、红松大木方檩条间隔木质板棚、木质地板。两户都有石砌菜窖，冬季可以储菜，夏季可以避暑，老房的左侧连接有俄式面包房。从1903年7月中东铁路全线通车，到1976年工区迁到新舍，老房改成5户职工住宅，沿用至今。

另一栋“黄房子”建于1903年，建筑风格和采用的技术与第一座“黄房子”没有多大区别。两户都有石砌菜窖，老房冬暖夏凉。

1903年中东铁路全线通车后，这里是沙俄护路军长官办公用房，一直沿用到1918年。1918年2月，中国军队进驻中东铁路夺回护路权后，沙俄护路军被迫回国。九一八事变后，老房子成为日伪警护队用房。1945年日本投降以后，铁路职工陆续搬进老房居住。

“黄房子”已过百年，发生在这里的一段凄婉的跨国姻缘至今还在流传，听来让人落泪。

这个“黄房子”坐落在铁道西侧，对应滨洲线里程为9公里

650 米处，是坐东朝西、南北格局两户型。1903 年 7 月中东铁路全线通车时，南屋是养路工区用房，北屋是俄籍养路工长的住宅。

1924 年初春，一个叫格里巴夫的苏联籍养路工长家住进了北屋。因格里巴夫家养牛、种地，忙不过来，他雇了一个闯关东来的刘姓“小山东”。“小山东”十六七岁，老实、勤奋，深得格里巴夫一家人喜欢。格里巴夫有个独生女儿，名叫格妮娅，性情活泼，能歌善舞，年龄与“小山东”相仿，两个人时常在一起嬉戏玩耍，唱歌跳舞。

几年后，“小山东”成了小伙子，格尼娅也出落成一个漂亮的姑娘，二人互生爱慕之情。自然，这些都没有逃过格里巴夫夫妇的眼睛。“小山东”的勤劳、善良，深得他们夫妇喜欢，他们不仅把女儿格妮娅许配给了他，还让他上铁路当了养路工。1933 年初，格里巴夫夫妇腾出了一间屋子，为女儿和“小山东”举行了婚礼。

1934 年 2 月，格妮娅生下一个男孩，孩子活泼可爱，给格里巴夫一家人带来了欢乐。“小山东”和格妮娅对未来生活充满了无限憧憬。可是好景不长，1935 年 4 月 2 日开始，中东铁路当局安排沿线苏联籍员工及家属陆续撤离回国，曾经见证他们欢乐的“黄房子”转眼间见证了生离死别。

格里巴夫执意将女儿和孙子带走，“小山东”苦苦哀求将儿子留下，但格里巴夫夫妇坚决不答应。面对与爱妻及亲生骨肉分离，“小山东”心如刀割。格妮娅左右为难，整日以泪洗面。中国工友私下里给“小山东”出主意，让他设法将儿子留住。他也暗下决心，一定想办法把亲生骨肉留在中国。苏联籍员工撤离那天，一列闷罐车驶进庙台子车站，由于装车时间有限，站区一片混乱，“小山东”乘机抱起儿子藏进了“黄房子”的地窖里。他捂住儿子的嘴，任妻子和岳父、岳母在上面大声呼喊，就是不做声。开车时间到了，格里巴夫请求车长不要发车，容他们再找找孩子，但被车长拒绝。火车开动时，格妮娅哭得死去活来，几次发疯般欲跳下火车，但都被格里巴夫夫妇死死抱住。

格妮娅回国后，再无音信。“小山东”和不满 2 岁的儿子相依为命，日子十分艰难。工友们看他们实在可怜，便在工长的张罗下，为他在“五站”找了一个李姓妇女。见面那天，“小山东”只提出一个条件，就是婚后不能让孩子受委屈。李氏淳朴善良，同情他们父子的遭遇，点头应允。1939 年 5 月的一天，“小山东”和李氏在“黄房子”里成了亲。

走进“黄房子”的李氏，给父子俩的生活带来了温馨。她对孩子十分疼爱，还给他起了个小名叫“柱子”。在她的精心呵护下，柱子健康成长，8 岁上学，学习很好，直到中学成绩一直优秀。中学毕业后，学校保送他进入哈尔滨商业学院读书，毕业后分配到秋林公司工作，据说后来还当上了部门的经理。

经历了悲欢离合的“小山东”再也没有离开过庙台子。1967 年退休，1969 年 12 月病逝，这一年他 63 岁。“小山东”辞世后，李氏独自在“黄房子”里安度晚年，直到 1987 年 4 月病逝。

近百年过去，庙台子的故事似乎还在继续。2019 年 7 月，这里迎来了从俄罗斯来的老少三代人。他们说很久以前，他们的父辈曾经在这里工作和生活过，这次不远万里特意过来看看这个房子，代表他们的父辈，权作一次“故地重游”。

那么，他们是否和跨国姻缘的故事有着某种联系，青藤爬满的往事是否还在继续呢……

# 老树与老人的守望

## 老　树

伊列克得站，是中东铁路西部干线上的一座五等小站，建于1903年中东铁路开通之际，距今也有110多年了。历史上，俄罗斯人称这里为“宜力克都”，当地人叫“小岭子”，属于大兴安岭山脉。

年逾百岁，看似那么遥远，其实就在眼前。徘徊在老站舍的废墟上，一棵枯干却刚毅挺直的老树在残垣断壁的酒窖上挺立着。没有人能说得清它是哪年栽下、何年长大、何年枯萎的，如今见到的只剩下脱落了树皮后的近乎骨骼一样的树干和龙骨般的枝丫。当年它是茂盛的，小站废弃了，酒窖破损了，几近坍塌，老树也就没了生气，岁岁风火雷电，再无枝繁叶茂，只剩瘦骨嶙峋。但它没有那种让人心寒的样子，而是像一位枯瘦但精神依然矍铄的老人，或者是更像一个图腾，腰不弯、背不驼地挺立在那里，令人感叹不已。

“小岭子”下面是铁路，现在是连通欧亚大陆的滨洲线中段。岭上稀疏地排列着三栋木刻楞房舍，是那种典型的俄罗斯风格建筑，俗称“黄房子”。蓝天、白云，黄墙、绿檐，还有蓝色的木栅栏，背景是腾跃起伏的山脉，在秋日阳光照耀下，宛如一幅鲜活的俄罗斯油画。中东铁路干线所有历史遗存中，像伊列克得站这般至今保存完好的民居并不多见。正如这老树，在中东铁路沿线也是鲜见。随着遗存的消逝，树木也在岁月的风剥雨蚀中枯萎，却和老房子一样依旧挺立在岭上坡间，看着如今繁忙的国际大通道车来车往。

这般风骨，应该就是这小站的品格吧！

## 老　姐

近年来，我曾多次到这里考察中东铁路历史文化。但是，都没有能进入院子，不是柴扉虚掩，就是大雪封门，只能在外围拍照和欣赏建筑之美。一如“围城”，越是进不去，越是感到好奇。

“三顾茅庐”，总有收获。国庆长假，我和一位友人特地来此做一次“田园调查”。我们受到主人的热情迎接，这些都缘于后来被我称为的老姐。

原来，朋友在院子拍摄的时候，我看到一位老妇人自己推着独轮车往菜园子里运粪土。车上是两个大编织袋子，她弯腰拎起一袋爬上一个小坡，把土倒在了地上。可能是我出身于农村的缘故吧，见了农人和土就亲，我也很快从车上搬下来另一袋拖拖拽拽地往园子里走。老妇人用她浓重的鲁南口音一个劲地喊：“大兄弟，放下，放下！”

远在深山有乡音，我就是鲁西南人。老妇人的几句乡音一下子让我们亲近起来。

“您老家是哪儿的啊？”

“山东滕县！”

“你老家是哪儿的呀？”

“山东兖州的！现在在哈尔滨工作。”

这老妇人的长相慈爱、和善，还有不曾改变的乡音，和我山东老家的大姐像极了，年龄也相仿。一下子让我有了“远山近亲”的感觉。

“我就叫您老姐吧。”

“好的，好的，兄弟。”

她就这样接受了我这个远方的、素不相识的老弟。我们站在垄沟里唠起了家常，我也就了解了更多关于老站和老姐的经历。

老姐姓赵，今年 74 岁，14 岁从山东老家出来，一路辗转、一路坎坷地到了伊列克得，嫁给了在铁路上工作的张姓工人。“认识他的时候，他穿着一身立领的铁路制服，一排铜扣，戴着大檐帽，怪精神的。”就这样，他们在这个俄式木刻楞里结合了。老伴的父亲，也就是老姐的公爹，在中东铁路的时候，就在这一带的哈拉沟、

⇧ 徘徊在老站舍的废墟上，一棵枯干却刚毅挺直的老树在残垣断壁的酒窖上挺立着。

乌奴尔车站上班，后来到了伊列克得站，直到去世。老姐的丈夫自打当了铁路工人，也从来没有离开过伊列克得。“我老伴勤快，扳道、调车、值班啥都干过，还当过好多次劳模呢！”说到这里，老姐的脸上溢出光彩，很是自豪。

老姐住的还是这个老屋。百年的木刻楞屋子里虽然陈旧，但是被老姐打扫得干干净净。火炕、火墙、炉坑都是当年的模样。屋里的墙上贴着毛主席像，老旧的柜子上摆着几个相框，里面贴满了相片。她指着相框里的照片一个个介绍：有一个儿子，两个姑娘，她们都在离这里不远的农牧场，日子过得不错。老姐的孙子是个军人，很帅气。孩子们很孝顺，早就劝她搬到山下去住，“享享福”，可是老姐执拗不肯，嘴上说“这里过得清静”。我想，老姐不舍的是这个与她有着深深情结的“老站”，有埋在附近山坡上的她的老伴，有她一生的精神寄托。老姐说：“我搬走了，他就没人守着了，该孤单啦。”我的眼泪流了下来。

中东铁路成为历史，这棵废墟上的枯树终有一天也会倒下，但是这三栋俄式黄房子还在，像老姐一样生活在这里的人还在。她们仍然过着自己的日子，有着属于自己的幸福，有着属于自己的世界。

## 老　泉

走出老姐的小院，我们在“小岭子”下面的东大河旁，找到了当地人所称的“老泉”。据说在修建中东铁路以前，这一泓泉水就在这儿汩汩地流淌了，不舍昼夜，终年不冻。当年，抗日爱国将领、黑龙江步兵15旅中将旅长、黑龙江省呼伦贝尔警备司令兼中东铁路哈满护路军司令苏炳文视察兴安岭隧道防御，路过伊列克得。他下马来到此泉，喝了几口泉水，洗了一把脸，似乎洗掉了多日的征尘。战事紧急，不可久留，将军连说了几句“神泉矣”，便打马而去，身后扬起一溜尘土……

“神泉矣。”我用手掬起一捧，洗把脸。嗬，好爽啊，透彻心扉的凉意，五脏六腑好像洗过一般。离“神泉”不远的地方是个水塔，像个老态龙钟的老人，和对面的老树、岭上的老屋遥遥相望。

老姐站在老屋前，久久不肯离去，向我们不停地招着手。据说，当年给火车上水用的就是这老泉，如今依稀可见当年输送供水的管道痕迹。怪不得刚才老姐一次次提到“神泉”。是啊，多少年，多少代，它不仅给火车添了蒸汽动力，也是一代代小站守望者的生命源泉。

# 风萧萧兮岭上寒

## 爬上高岭子

中东铁路上的车站有一个很有意思的地方，其西部线（现滨洲线），很“洋”很“嘎”的名字居多，如扎罗木德、伊列克得、哈拉苏、扎赉诺尔、虎尔虎拉、富拉尔基等；而东部线上有“子”字的车站颇多，如横道河子、青岭子、成高子、白帽子、石头河子、土塔河子、二道河子、六道河子、洗马河子、韦拉河子、萨拉河子、八道河子，等等。至于什么原因，没有考证过。高岭子站，就很有代表性。高岭子站位于小兴安岭余脉的张广财岭，海拔 638 多米，是滨绥线上海拔最高的车站，位于中东铁路东部干线的咽喉之处，建于 1900 年，年平均气温 2.3℃至 4.9℃，最冷月份极端最低气温为 –44.1℃。

高高的山，大大的岭。当年，修建中东铁路的勘测人员来到哈尔滨至牡丹江的虎峰岭段，面对陡峭的山峰一筹莫展。雄心勃勃的

“大鼻子”们，最终还是决定将整个线路规划南移 10 公里，绕开虎峰岭，修建高岭子盘山铁路线。

高岭子站往东至治山是大慢坡，往西到冷山，山岭陡峭，有两个 S 形大坡弯道。为了闯坡过隘，要在上行方向的亚布力和下行方向的横道河子预备好补机，供火车爬岭时助上一“机”之力。普通列车经过这里的运行速度每小时也就是 40 多公里，到了 20 世纪七八十年代，最高时速也就是 60 公里左右。跑过这条线的火车司机都知道这样一句话：爬过高岭子，险处不须看！

山下春意乍现，岭上飞雪依旧。从冷山驱车，沿着这段曾经的铁路线（现是林间公路）盘旋而上。路上积雪越来越厚，山势陡峭，蜿蜒曲折，一路颠簸，险象环生。

皮卡车停在了上山的第二个大弯道处，这里是又一处大石砬子。举目仰望，只有一线天，岩石被大雪覆盖，地面不见有车辙碾过。空谷飞雪，回声震耳，惊起了岭上的鸟儿，从头顶掠过。当年蒸汽机车冒着白烟，“呼哧呼哧”从延展线一路呼啸着，奔上高岭子的场面浮现在眼前，似乎在地动山摇。

走出“一线天”，在铁道边上的几栋中东铁路老建筑很是显眼。这些老建筑如今已是千疮百孔，破败不堪，只有院子里的几棵大杨树依然挺拔，见证着过往。这里就是洗马养路工区的旧址。它和车站毗邻，相距几百米，应该是同属一个站区了。

终于看到了高岭子的庐山真面目。一座石头建造的铁路车站矗立在高坡上。木质站牌，白底黑字，立在屋檐下的三角形门斗上，门牌上的俄语十分醒目。

沿着木栈道拾阶而上，从尚志市人民政府 2016 年悬挂的铭牌上知道：这是一座“优秀历史建筑”，属于砖木结构。我们围着老站舍走了几圈，抚摸着青石、砖墙和蓝色油漆的木门，想和它做一次深度的对话，了解它更多的前尘往事。

## 弹洞前村壁

站舍的附近有几间俄式住房，都是中东铁路建筑遗存，门板糟烂，墙砖裸露，倒是面对铁道一侧墙上的弹孔让人好奇。

“当年鏖战急，弹洞前村壁。”牡丹江铁路抗战史专家王时义讲述了这里曾经发生的战事，山风在耳旁呼啸着，战斗的硝烟瞬间袭来……

1932 年 3 月初，抗日武装在镜泊湖一带重创日军天野旅团，日军只剩下大约 300 残兵败将溃败到海林，准备乘火车逃往哈尔滨。铁路游击队队长李延青在接到日寇准备从铁路逃跑的消息后，决定在高岭子站西侧 1 公里处拔掉道钉，颠覆军车，伏击残敌。游击队经过巧妙迂回，做好了战斗准备。

3 月 27 日凌晨，日军军车从横道河子站出发，刚刚行驶到高岭子站，只听轰隆隆几声巨响，列车出轨翻车。游击队员们一齐向日

⑦ 高岭子站往东至治山是大慢坡，往西到冷山，山岭陡峭，有两个 S 形大坡弯道。

军军车投掷手榴弹、开枪射击。大部分日军被打死，失去反抗能力的日军顺着大陡坡连滚带爬逃窜，在翻滚的车厢下留下了200多具横躺竖卧的尸体。李延青在和战士们打扫战场时发现了几具穿黄呢子军装的日军军官尸体，其中一个脑袋开了花，半边领章上剩了一角金星，后证实被打死的是日军少将天野。

九一八事变以后，日军天野旅团在东三省犯下滔天大罪。高岭子伏击战为死难同胞报了仇，也让盘踞在滨绥线上的日军胆战心惊。

在一间破败的屋子前，透过门缝往里看，地中间有一个锈迹斑驳的火炉和一盏照明用的“嘎斯灯”。当然，这已经不是中东铁路的老物件了。当年的铁路进步工人就是在这里秘密商量着另一场战斗的。

那是1933年的夏天。抗日武装准备在离这里只有4站地的青岭子站伏击日军列车，日军驻石头河子站的铁甲车很可能经高岭子站前来接应。一面坡地区铁路党组织负责人程芳把拦截铁甲车的任务交给了横道河子车辆检修工共青团员张林。这个14岁就在中东铁路当学徒、16岁加入中国共产主义青年团的爱国青年，在党的培养下，已经成长为抗日骨干。程芳对他说，此任务关系到青岭子站截击日军列车任务的胜利，要不惜一切代价完成任务，并告诉他到高岭子站去找扳道岔的老王一起行动。

张林对这一带十分熟悉，他向组织上请示，想用站内停留的煤车拦截日军的铁甲车。张林的这一想法得到了程芳的同意。

张林接受任务后心急如焚，跳上一列西行的火车直奔高岭子站，在离车站扳道房不远处跳下车，直奔扳道房找老王传达程芳的指示。老王说用煤车撞击铁甲车是个好办法，可他们只有两个人，很难推动停留线上的煤车。老王又想了想说：我有个兄弟，有爱国热情，咱们找他帮忙吧。

当晚老王找来了他的兄弟，三人一起将沉重的煤车推到车站西侧靠近下坡的地方，用一根枕木掩住，等待日军铁甲车的到来。到了后半夜，老王接到横道河子站值班电话，说日军的铁甲车已出动。

空谷声远，不一会儿就传来了铁甲车从石头河子站开出的喘息声，三人立即来到煤车前。张林将支车轮的枕木撤掉，老王把道岔扳好，三人用撬杠在车轮下撬动煤车，煤车从高高的山顶向冷山方向直冲下去。铁甲车上的鬼子被突然出现的庞然大物吓呆了，个个鬼哭狼嚎，只听"轰隆隆"几声巨响，半山腰发出一团团耀眼的火光。日军的铁甲车被沉重的煤车撞翻，日军全部覆没。几场战斗下来，高岭子名声大振，从那以后，也就有了"小小的日本鬼，大大的高岭子"的佳话，流传至今。墙上的弹洞，也有了几分"装点此关山，今朝更好看"的诗意。

## 冷山行

冷山，是中东铁路时期高岭子下的一个小站。由于线路改线，铁道早已拆除，成为穿过村中心的乡村道路了。我们在热心村民的引领下，走进了冷山站第一任站长的住宅，在老乡的仓房里、猪圈旁，还能看到中东铁路时期的旧轨头和老式鱼尾板。在冷山站旧址，水泥浇筑的“冷山”站站牌让我们喜出望外。老乡说，这是当年中东铁路留下的，从来没有动过。站牌挺立在农家的菜园里，风剥雨蚀刻下岁月的痕迹，厚重的“冷山”站名下面，是上下行到站的站名。在站牌的右侧，就是当年的冷山站站房，大半墙体被老乡的柴垛围堵着。如今，它和第一任站长的住宅、学校、教堂等一样成为居民的住宅。

特别能体现历史感的，是在老站牌和老站房对面 20 世纪 60 年代盖的新站房。红砖墙上是水泥刻制的两个黑体大字“冷山”。站在它们中间的砂石路上，脚下就是当年的中东铁路。在这山野村落里，过去和现在相遇了！

“我刚上班的时候，这里还挺红火的。那时候，这里还有两个‘老毛子’没走呢！”引路的老乡是一位穿着老式铁路制服的铁路退休职工，今年 82 岁了。听着他的讲述，沿线的石头河子、冷山、洗马工区、高岭子等一个个曾经繁华的村镇，铁路工人忙碌却充实的一段段陈年往事，也仿佛历历在目。随着铁路的拆除，历史已是渐行渐远，中东铁路时期的要塞高岭子站，被遗忘在了岁月里。

是的，铁路带来了这一切，却抵不过时光。

⊙ 在冷山站旧址，水泥浇筑的“冷山”站站牌让我们喜出望外。

# “乌金”从这里出矿山

## 中国首个露天煤矿

走下高岭子，沿着滨绥线一路向西北，经过哈尔滨，接续滨洲线继续前行，再翻越大兴安岭，穿行在呼伦贝尔草原，就来到一个叫作扎赉诺尔的车站。

因煤而建，因煤而兴。这个中东铁路通车时标注的“V”等（五等）站，如今成为“运煤大户”，已是海拉尔车务段管内的二等站了。

扎赉诺尔煤矿不仅是我国煤炭工业的摇篮，也是我国近代工业史的开端。当然，也是我国最大的陆路口岸满洲里的门户，扎赉诺尔和满洲里近在咫尺。

扎赉诺尔原音“达赉诺尔”，蒙古语译为“海一样的湖泊”。说到这里，还有一个典故：早年曾任呼伦贝尔副都统的宋小濂在《达赉晚行》中有“土人名呼伦湖之野为达赉”之句。如今的扎赉应是

“达赉”误读吧！

扎赉诺尔煤矿是谁在哪一年发现的，文史资料与民间传说大不相同。比较集中的说法是，1902 年初，沙俄与清政府签订了《中俄黑龙江煤矿条约》，取得了在黑龙江省境内中东铁路沿线附近开采煤矿的特权。当年，沙俄皇家地理学会派出以工程师波洛尼科夫为首的安尼尔特地质队，到扎赉诺尔地区进行煤田情况勘查，发现了大规模煤炭储藏。次年开始煤田的普查勘探，同年 9 月开始开采，并以工程师本人的名字命名为“波洛尼科夫”矿场，当时有矿工 700 余人，日产煤 40 余吨。1902 年至 1910 年冬，东清铁路公司直接经营期间，煤矿开凿逐渐形成系统化管理模式，并建成了我国首个露天煤矿。波洛尼科夫矿，就是扎赉诺尔煤矿的前身。

随着中东铁路的修建，车站的设立早于采矿的时间近一年。1901 年的扎赉诺尔站站舍是一栋土石结构的平房，但是供机车上水用的水塔、水鹤等设施已经建成。站舍竣工，一群俄罗斯工程技术人员和工人或坐或站一字排开，合影留念。

矿业的开采带动了居民区的形成与扩展，从西伯利亚来的俄罗斯人，从河北、山东、山西来的中国劳工不断聚集，城镇的雏形逐渐形成。到了民国时期，已经出现了“八乍市”商业区，以俄罗斯人为主聚集的“沟东”，以“白俄”人为主的东站区（俗称为“小站”）等片区。特别是“小站”，它涵盖了阿巴该图卡伦以南、第 2 号小站（俄罗斯排名，第 1 号为满洲里站）以东，铁路线两侧很大的一

⊕ 扎赉诺尔早期火车站场景。1901 年建成的扎赉诺尔站站舍是一栋土石结构的平房。

片区域，取名扎赉诺尔。

很有意思的一个地理概念是，扎赉诺尔站所在地并不是扎赉诺尔区，而是满洲里市东湖区的新开河镇，与地方行政的扎赉诺尔区无任何关系。所以，如果来此地观光旅游，在乘车时要特别注意，去扎赉诺尔区的乘客要在扎赉诺尔西站下车。列车员报站名，而不是报地名，要注意铁路车站和地方称谓的不同，以免耽误了旅程。

## 黑色的“天眼”

要知道扎赉诺尔煤矿的历史有多久，煤层有多厚，要先走近一个“天眼”般的“大坑”去看看，这就是扎赉诺尔煤矿国家矿山公园。站在露天煤矿公园的大坑前往下看，让人觉得眼晕，一条条铁路、公路在大坑里呈螺旋状盘旋而上。老式蒸汽机车没有了当年喷云吐雾的气概，静静地停在那里，时而吼上几声，吐出几缕青烟。这个“大坑”已经基本掏空，蒸汽火车也随之退出历史舞台。

蒸汽机车司机董成祥师傅在这里干了 30 多年。他每天的工作就是开着解放型的蒸汽机车，在坑底拉运煤炭。当时都是自翻车，一个机头可以挂 10 辆自翻车，满载 250 吨煤。最繁忙的时候是 20 世纪 90 年代，在露天煤矿的开采坑里，曾经同时开行过 47 台蒸汽机车，有上万名工人在坑下作业，火车的汽笛声时时盘旋在“天坑”上空。

↑ 扎赉诺尔煤矿早期开采的场景。

前几年，在这里拍了一部电影，就叫《扎赉诺尔》。据说是以董师傅为原型拍摄的，其创作初衷来自“送君千里，终须一别”这句中国老话。故事说的是蒸汽火车司机朱老头和他的跨行徒弟火车信号员李治中之间的师徒情谊。故事结构单纯，没有戏剧化的冲突和设计，重点在于捕捉细腻的人物情感和心理活动，以一种温暖、关怀、富有诗意的情调，来反映矿山人的生活和情感。

“挖了一层又一层，采了一年又一年，也不知道多少年了，反正一天 24 小时，就没见火车停过。”望着这“大坑”，董师傅陷入深深的回忆，仿佛又回到了令他自豪的年代。

有沸腾的矿山，就有繁忙的车站。矿山和铁路历来就是一对孪生兄弟，情同手足，心手相牵。走的都是轨道，开的都是火车，拎的都是“猪腰子”饭盒，伙计们穿的都是“油包”。当然，这不包括最早的采煤运输和矿工。扎赉诺尔煤矿开工的时候，是用骆驼、牛车把挖出的煤运到车站的。而所谓的“火车”也是冒烟的，但冒的是青烟，因为烧的是劈柴。蒸汽机车驾驶室后面，机车背的不是水箱，而是劈柴垛。整个机车头像个骆驼，而劈柴垛就是驼峰了。

采矿的人起早贪黑，铁路上的人更是不辞艰辛。进入冬季，来自西伯利亚的寒风横扫着呼伦贝尔草原，调车作业常常在零下 40 多摄氏度的严寒下进行，稍不留神就会掉进雪窠子里或者是被冻伤。这里的生活条件极其艰苦，到了 20 世纪 60 年代初，工人住的还是板夹泥的土坯房，青黄不接的时候，常常吃的是苞米面窝头就咸菜。

但是，“国家困难，咱把煤尽快运出去，吃点苦不算啥！”乌金出矿山，全靠“火车头”，这是铁路人的骄傲。

随着国门大开，迎来了煤炭运输的高峰期，小站开始“扩编”，从最初的两股道到后来的 8 条线路，再增加到现在的 11 条线路，口岸“大通关”，小站的地位在提升。2018 年，车站煤炭外运量达 1300 多万吨，创历史最高水平，成为“煤龙之首”。

## “阿尔山布拉克”的传说

往事越百年，扎赉诺尔站是有看点的。以车站为中心，向西至满洲里方向不到 3 公里，就到了“908”车站遗址。车站因距哈尔滨 908 公里而得名，是如今扎赉诺尔西站的前身，历史上还有“前哨”乘降所之称。这里的日俄民居很有代表性。908 车站建于 1902 年，原为修建中东铁路时的车站，后为铁路员工宿舍，现存两栋。解放后曾做矿务局党校校舍，现为扎煤公司民房。建筑物顶层曾被炸毁，后被修整，建筑物下面有地下室。几栋赭色的俄式住宅隐身于一片中式平房之中，它们是最早开采扎赉诺尔煤矿时俄国人的办公场所和住宅，开采扎赉诺尔煤矿的第一个俄国工程师波洛尼科夫也曾在此居住。这些住宅跟周边的中式房屋不同，多为尖顶格局，墙壁也要厚实很多。从车站往东，就是前面提到的“沟东”，尚有日俄旧建筑 10 栋，保存基本完好。

“小站”已经老去，只有车站对面一座高耸的水塔保存完好，证明这里就是当年的站址。水塔以南有一水泉，原名“阿尔山布拉克”，系蒙古语，意为“神泉”。据说，这里曾经有 7 处泉眼，呈人字形，四季喷涌不止。关于神泉，还有一段感人的传说，说是有一位老喇嘛，常年奔波于茫茫草原，无偿给牧民们疗伤治病。由于劳累成疾，终于有一天再也站不起来了。于是他就默默地许了一个愿：“老天有眼，在我离开人世之后，让所有的牧人不再受疾病的痛苦。”上苍感其诚意，在他圆寂之处，化作一池人字形的泉水。相传神泉之水能祛邪治病。

神泉之灵，岁岁年年，让许许多多来草原的人们心仪朝拜。这神泉如今“普度众生”，更多的人络绎不绝地来到这里，即使冰天雪地，泉水依然蒸汽升腾。

# 下城子的火车站

## “站前街”上的中东铁路建筑群

下城子站前街，东西长不过1000米，最让人们感兴趣的是这条街上中东铁路的1、2、3号建筑群。

正是盛夏，炉灰渣子铺的路面不仅硌脚，还有些发烫，牵牛花和向日葵都打蔫了，把头趴在了木板杖子上。很多人家都是大门紧锁，有的篱笆墙和房舍几近倒塌，很少见到几个行人。

下城子站，原名小城子站，站名因地名而得，当时是中东铁路滨绥线上的一个四等小站。站舍与这片建筑始建于1899年，1901年车站投入使用。站舍小巧精致，和出站检票栅口完美相接，浑然一体，属典型的巴洛克传统建筑与新艺术运动相结合的建筑风格。现存并仍在使用的老建筑是中东铁路早期的小型候车室。

出站口右侧是站长的住宅，看上去和其他中东铁路的建筑并没有什么两样。据说第一任站长个子很高，很能喝酒，常常拎着酒瓶子在大街上晃，但是很少惹事。走进站长宅院，进门对面的一个角落竟然有一座地堡，被压在一个即将倒闭的仓房里。钻进霉气十足的仓房里，扒拉开一堆杂草，地堡露出了“庐山真面目”，完好无损。厚重的钢浇铁铸的盖子下有三个枪眼，分别对着车站、人院正门和后面方向，应对从不同方向的袭击。中东铁路全线的大小车站，有碉堡的宅院并不多，地堡更是鲜见。还是那句俗话：“耕别人家的田，总会是不踏实的。”如果不是心虚，为什么还要修筑地堡工事来看家护院？在大街上可着膀子晃，无非是虚张声势为自己壮胆而已。

在出站口的一侧是一排平房，窗户上的玻璃无一幸存，窗框七扭八歪，房舍残损破败。墙上一块黑色石板上的文字告诉人们：这里是中东铁路的 2 号建筑群。日本关东军侵入穆棱一带后，这里成为日本宪兵队所在地，设有水牢、狼狗训练场。据老人回忆，几乎天天晚上能听到撕心裂肺的惨叫声和狼狗的狂吠，经常能看到军车上装着盖着草帘子的死人从后院拉出去。如今，这里房门紧锁，锁头的锈迹浸透在门板上。站在窗外往里看，还能看到水牢的样子，只是几近填平。

## 党组织的红色驿站

车站的功能本来大体都是一样的，可是在特定的历史时期和环境下，车站、站房就有了不同的作用。下城子站就很有其特殊性，抗日战争时期，在敌人气焰嚣张的白色恐怖下，车站成为中国共产党领导当地民众抗战的坚固堡垒，“红色驿站”一直叫到今天。

1932 至 1938 年间，活跃在穆棱河流域的东北抗日武装力量在孤榆树（今古榆树村）密营设立秘密交通站。党组织相继在下城子北安村和保安村组建了中共绥宁中心县委、中共满洲省委吉东局、中共满洲省委吉东特委机关，领导穆棱等吉林省东部广大地区的抗日游击战争，打击日本侵略者，车站成为秘密交通站。

1933 年 1 月，日军侵占穆棱，中共绥宁中心县委一度迁至绥芬河，3 月又迁回下城子。5 月，吉东工作第一次会议在下城子中共党员、养路工人王胜魁家里召开，中共吉东局正式成立。7 月，吉东局职工部长吴福海以下城子站为中心，深入各站联系铁路职工，扩大积极分子队伍，发展党员，建立党组织。9 月，吉东局决定在下城子等 5 个车站成立党支部。

戴吉山 1931 年到下城子养路工区工作。在下城子，他结识了中共党员王胜魁。在王胜魁的引领下他接触了地下党组织，并很快投入到党的工作中。1932 年 10 月，戴吉山加入中国共产党。从此，戴吉山家成了中共绥宁县委的联络点。他经常利用铁路工作之便为党组织收集日军情报、筹集生活物资，并发动铁路工人为党领导的抗日队伍捐款，帮助采购军用物资。

1936 年 8 月的一天，磨刀石站党支部书记王新文得到将有日

Ⓣ 下城子站站舍小巧精致，和出站检票栅口完美相接，浑然一体，属典型的巴洛克传统建筑与新艺术运动相结合的建筑风格。

本军列通过的情报，他迅速通知时任新房子工区工长戴吉山，戴吉山转告了赵采青，又分别与穆棱站党支部书记潘寿廷研究袭击方案，确定袭击地点在新房子工区北林子间 413 公里处。随后，他们一面派人把情报送给抗联部队，一面组织人员把道钉起出，将拆下的一节钢轨虚放在枕木上。当晚，一列满载军需物资的日本军列高速行驶到此处时脱轨翻车。埋伏在铁路两侧的抗联战士趁敌人惊慌之际发起突然袭击，缴获大批枪支弹药和军需物资。

事后，日本宪兵队逮捕了戴吉山等 10 余名铁路工人。在狱中，敌人用尽酷刑，他们坚贞不屈。1937 年 2 月，戴吉山壮烈牺牲，年仅 31 岁。

1937 年 3 月至 1943 年 9 月，中共穆棱县委代理书记于文清负责穆陵县日伪情报搜集工作。平日里，他经常到日本兵营、伪警察大队、飞机场、火车站等处搜集敌人情报，夜里则将情报用电台发送出去。1943 年 9 月的一天晚上，下城子日本宪兵突然包围于文清住处，将他逮捕。敌人对他严刑拷打，投进水牢。于文清宁死不屈，用生命保守党的秘密。1945 年 3 月，下城子大雪纷飞，寒气袭人，于文清在狱中与敌人搏斗时英勇就义，年仅 32 岁。

下城子站与通往鸡西的铁路相接，鸡西、鸡东相依，在鸡东又与林密相连，构成了一个地下秘密交通网，形成了三条国际交通线。在这三条秘密交通线上，有许多地下抗日交通员战斗过、工作过，有的献出了生命，其中就有铁路工人。有一个说法，现代京剧《红灯记》的故事就发生在这里，并有一本书《红灯记故事在鸡东》为证，里面就多次提到了下城子站。

1933 年至 1934 年，滨绥铁路通过红色交通线，将中国共产党的抗日方针和主张传递给铁路沿线各党支部。下城子车站地处中间站区，党支部书记吴福海在车站发展了 10 名党员开展抗日活动，配合抗日武装打了一个又一个漂亮的突袭战、伏击战、游击战。

## 东北亚通道上的“小金三角”

下城子镇位于黑龙江省牡丹江地区东南部，属穆棱市管辖。用现在的话说，是位于“中蒙俄经济走廊”龙江丝路带上，是黑龙江省东部重要的交通枢纽。两条铁路在这里相接，既是滨绥线的必经之地，东距绥芬河站 106 公里；又是城鸡线铁路的起点，距终点鸡西站 107 公里。所以下城子堪称是东北亚通道上的“小金三角”。

翻开《穆棱市志》：下城子以境内渤海国时期的古城遗址下城子得名。清代，这里属宁古塔副都统管辖。1881 年（清光绪七年），在宁古塔一带招募垦荒、试办屯田时，修筑宁古塔通往三岔口、蜂蜜山、凉水泉子三条驿道，均路经下城子，成为三条道路的中心枢纽。民国时期，魏声龢所著的《吉林旧闻录》中的留下这样的文字：“穆棱县：明为木伦河卫，东海野人卫中之一部也。今县境有三古城：在（民国）县治（现兴源镇）正北一里许，曰土（上）城子；

迤东三十里许，曰下城子……”

云南大理有“上关”和“下关”，这里既然有“下城子”，自然也就有“上城子”，“上对天，下对地”，这就是老祖宗立下的规矩。因下城子与土城子两个古城相距三十里，毗邻而居，人们把西面的村镇叫做土城子或上城子，下面的村屯叫做下城子。因下城子之名乡土气息过于浓重，所以也有好事者建议“下城子”改名，改得更响亮、更时尚。百年之约，下城子已成为百姓的家谱，更因此地是交通枢纽，成为全国铁路运行图上的关键点之一，此事搁置至今，再无人提起，百姓安然。

下城子站还是四等站，但是已经具备“中等编组站或中等中转站的运输能力”。车站铁路货物运输年吞吐量在 1000 万吨以上，公路运输也是比翼齐飞。便利的交通条件使下城子成为牡丹江、绥芬河、东宁、鸡西、密山、虎林、七台河等 10 余个市县的人流、物流、信息流的中心，真正成为我国对俄贸易的“黄金通道”。

下城子的名字依旧“土气”，但是这个东北亚通道上的“小金三角”的名片却越来越靓。小站虽经百年，但如今更加充满活力，英气勃发。

## 沟口站系，从“0”公里开始

### 小站几易其名

从庙台子到扎赉诺尔，再到高岭子、下城子，我们一直穿行在中东铁路的干线上，这些小站似乎偏而不僻。那么，下面就让我们一起钻一次山沟，到一条地道的“蛇形路，草中猫，夏冒泥，冬鼓包”的中东铁路支线去看一看，什么叫偏远“小站”。

这条支线叫博林线，是从博克图到塔尔气的铁路。这个小站名叫郭力高尔，又名火燎沟，后定名为沟口。

故事，就在这几易其名的背后。

先说说这条支线铁路的来历吧。既然起点在博克图，终到塔尔气，为什么不叫“博塔线”呢？这里就有故事了。当年修筑铁路时很多地方都没有站名，方位就是终点。这里有“博林线”，内蒙古大兴安岭还有一条“牙林线”，起点为牙克石，经过根河站，终点在满归站。更有意思的是，这条铁路从根河站分叉，一条又叫“潮乌线”，就是潮中站到乌玛站，但是这条铁路有起点，却并没有真正的终点，因为这条铁路因自然条件和当年战略的需要并没有修到乌玛，而只修到今天的终点站莫尔道嘎。这也算是中国铁路修筑史上的一段笑谈了。

说到“沟”，还得多说几句。在东北，特别是在大兴安岭一带，人们常常把最深山、最封闭的一带称其为“沟”。我刚从大兴安岭调到省城工作的时候，就有人狡黠地问我：“从沟里来的？”其实，这里就含有一些贬义了，大有“山炮”之嫌。但是，我还是欣然点头，以笑作答，以后便时常以自己是“沟里人”为荣了。

这个“小不点儿”车站，百年来几易其主，命运也是跌宕起伏。沟口站是1901年和中东铁路同期开始修建的，1903年中东铁路运营时这里还只是一个乘降所，称哈利克尔砂场，只是几间山里的窝棚，是淘沙人的工棚。3年后，不知道什么原因又改称郭力高尔。至于是蒙古语、满语，还是俄语的音译，至今没有准确的说法。到了1912年才以此为起点正式修筑博林铁路，站名定为“沟口”，开始有了一间木刻楞的站舍。博林线建成初期，各站没有站名，用数字称呼站名，所以，沟口站又称“0公里”。伪满铁路时期，沟口改称为高丽沟、火燎沟。站名改来改去，可见“小站”并不可小觑。

## 沟口，乃咽喉要道

无论是干线还是支线的功能，无不与中东铁路的根本属性有关，那就是沙俄、日本对大兴安岭森林资源的贪婪掠夺和军事管制。

1905 年，黑龙江地方官僚、商人佐领吉祥等人，经将军衙门批准，招股银两万余两，在淖尔河设立祥裕木植公司，采伐淖尔河、索伦一带的木材，由公司雇佣把头（工头）伐木备售。1908 年 3 月 5 日，中俄重新订立黑龙江铁路伐木合同，其中规定："铁路砍备木植，如需将应用敷余之木植外卖，应按照中国通用税则，缴纳税收。"也就是说，过去采伐的木材只供修铁路及采矿使用，这个时候却允许对外销售了。俄商便陆续进入大兴安岭林区经办林场，在呼伦贝尔境内的火燎沟（沟口以南），皮洛以（今巴林站）附近长 15 公里、宽 5 公里内进行采伐。

有了这道"谕旨"，俄商的胃口越来越大，一个叫谢夫谦克的商人，无视中国主权，不通过中国官方允许，便在中东铁路 24 号小站火燎沟沟口处擅自动工修筑了长 48 公里的运木轻便铁路。地方当局发现后，曾强令"停工拆路"。谢氏不但没有停工，反而变本加厉，竟于次年 9 月将其中一部分改为宽轨，与中东铁路相接，堂而皇之地把一根毛细血管接到了主动脉上，"输血"功能更强了。

1921 年，中东铁路公司在火燎沟沟南淖耳河源一带，建立淖尔林场，一年就运出木材 500 车。1924 年博克图至淖尔铁路开工，至苏格河长97公里，首期工程从沟口铺轨至忠工屯22公里。1927年，俄商在淖尔河西侧大兴安岭主脉开办东方公司铁路林场，在博林线84公里开办奥卡扎基森林事务所，年伐木材1500车，约8万立方米。1932年，日本侵入大兴安岭地区，从52公里至112公里（狼峰站），以包工形式，将土方、桥梁、涵洞工程包给了益昌公司和满铁建设事务所，夏季修筑路基，冬季分段铺设，长驱直入，抵达塔尔气。

沟口是通往山里的必经之路，大有“一夫当关，万夫莫开”之势，淖尔河、苏格河、狼峰等地名无不与河流、山峰、野兽出没有关。最具这一特征的就是石门子站。石门子本为村名，和沟口很近。博林线通车时，这里还没有站名，因距该线起点42公里，故称“42公里”。该村东、南、西三面环山，山势陡峭，奇石耸立，形似石垒之门，故得名石门子，后来车站依地而名。火车通过这里，颇有一种穿越凯旋门的仪式感。

石门子有一个中国铁路奇观，人称“中国铁路一绝”：火车上坡时，只能倒着开。博林线有一段长大坡道，在42公里至46公里区间，坡度达到42.5‰，是现有中国铁路最大的坡度，被称为“中国铁路第一坡”。由于长大坡道上机车牵引困难，修建铁路的人学习京张铁路八达岭下的机车牵引方法，形成了一个人字形铁路股道。列车由人字形的一侧牵引至42公里石门子尽头式车站后，采取后部顶推的方式运行至46公里转头线后，再改为牵引方式运行。这也是中国铁路唯一还在使用的人字形铁路。

## “扎紧口袋除匪患”

抗战胜利后，林区各地的土匪、伪警察以及伪官吏等敌伪残余势力比较猖獗，危害一方。一些官僚政客、野心家、地痞流氓为升官发财，借治安无序，结伙为匪；地主恶霸为了维护自己利益与匪勾结。

1946 年，大兴安岭沟沟坎坎的“胡子”（土匪）闹个没完，博林线出现了以“黑大胡子”为首的百十余号土匪，打着国民党的旗号，到处抢劫伐木工人的财物，殴打伐木工人，在 84 公里还抢走了“木把头”的 120 多匹马。接管滨洲铁路西线的东北民主联军西满军区护路六团，在旅长王化一和司令员郭维城、政委苏林带领下，开进博克图，展开剿匪战斗。

1946 年 4 月下旬，国民党兴安省保安总队少将旅长张淦、参谋长孟子良、二团团长左占龙等得知齐齐哈尔已解放，十分震惊。他们命令三团团长王杰带 160 余人集中在免渡河，宣布成立“国民党兴安省保安总队海拉尔保安队”，伺机作乱。5 月 13 日，呼伦贝尔临时地方政府派兵围剿失利。14 日，齐满线警备第一旅旅长王化一指挥部队进到小岭子（伊列克得），张淦所部被收编。6 月，刘贵禄、纪荣久等人在乌奴耳纠集原张淦、王杰保安队不愿投降者 20 余人拉起土匪队伍，在乌奴耳、免渡河一带抢劫。后来这股土匪被东北民主联军剿灭。

当时，沟里一带出现几股较大的土匪武装，尤以吴铁生股匪、马文凯股匪、张大砍股匪最为猖獗，给淖尔林区百姓安全造成极大威胁。淖尔采伐工人吴铁生和菜农孙树元，在布特哈旗蘑菇气一带，纠集被我军击溃的宋侗山和王喜盛两股光复军残部，以及当地政治投机分子和无业游民 80 余人，对外诈称二百余众，组成林区匪队。他们先后抢劫了伊列克得、淖尔林区 84 公里和 70 公里，并扬言要洗劫 62 公里。郭维城领导的东北民主联军西满军区护路六团，史称“老六团”，在旅长王化一的率领下挥起重拳，封住沟口，采取“关门打狗”之势，穷追猛打土匪残余势力。“胡子”头吴铁生、孙树元两股“绺子”实在跑不动了，采取了极端的办法，扒断博林线铁路，以图负隅顽抗。他们拦截列车，打死运转车长，袭击石门子、淖尔火车站，绑架 5 名护路军工作人员，以人质相要挟，要求有条件投降。

3 天后，西满护路军司令郭维城、六团团长王增生和副政委席肇富火力穿越沟口，到 62 公里（今淖尔站）同匪首吴铁生、孙树元谈判，迫使其当天投降。投降后，一部分人员改编加入护路军，其余人员发给路费，遣散回家。经改造，大部分收编人员改邪归正，

⊙ 磨刀石站建成初期车站全景。

吴铁生、孙树元恶性不改，开枪伤人，后被处决。

到了 1947 年夏季，马文凯股匪又死灰复燃，此匪善长骑术，在博林铁路 70 ~ 97 公里之间活动猖獗。6 月 18 日，驻守在 62 公里的护路军五连，在淖尔铁路第一支线与流窜的马文凯骑匪在大楞场交火，被分割开的一股土匪退入路基下边的几个破车厢里，负隅顽抗。五连连长、特级战斗英雄裴金峰起身喊话，被土匪二当家的张大砍射中。激战中，大垛的木材滚落，又有战士牺牲。团部速调部队进山剿匪，自卫队密切配合，在 97 公里将马匪包围，马文凯被活捉，土匪大部分被歼灭。张大砍是马匪中二号头目，在 97 公里围剿中漏网，逃跑后又纠集残部 20 余人，并立土匪赵春为“二当家的”，又纠集一股土匪，活动猖狂。8 月 29 日，自卫队和驻军骑兵一连在 84 公里围歼张大砍，张大砍被当场击毙，赵春被击伤后逃至 92 公里大毛子屯，被自卫队捕获，后在博克图被枪决。

剿匪战斗一场接着一场，一个接着一个。到 1948 年上半年，博克图、淖尔林区一带土匪被完全肃清。“老六团”在人民武装自卫队配合下，经过两年多艰苦战斗，剿灭、受降、改编、镇压各类匪徒1800余人，缴获枪支1600余支，缴获马匹400余匹，并发掘出大量日军藏于博克图一带的军火，有力地保卫了解放区人民生命财产的安全，密切了与人民群众的联系。

## 小站大多改了名

夕阳斜照，给红顶、黄墙与白窗相间的俄式站房添了几分暖色和厚重。通往站台的青石台阶被磨得光滑圆润，墨绿色的雨搭、湛蓝色的栅栏和窄窄的出栅口，都给人一种既陌生又熟悉的感觉。站房一侧的一棵柳树虽显得有些苍老，但依然是遮阳避日、枝叶婆娑。它就立在出栅口的一侧，摇曳的枝条像是与匆匆过往的旅人招手，表达着山里人的热情与好客。

这小站在滨绥线上，叫磨刀石，1900年建站时叫“十站”（由俄境内海参崴向中国境内各站排序为第十站）。它的大名原来是“磨力石”，是世居此地的满族及其先民女真族语。天长日久，当地百姓依据自己的愿望和习惯，再加上当地蕴藏着取之不尽的石头，便把“力”字头给“磨”掉了，叫成“磨刀石”了。

磨刀石站的改名，在中东铁路沿线有些代表性。它们“改名换姓”，除了历史背景下的大环境所需，也有当地民俗、语言习惯的影响。

中东铁路时期，由于受到地质条件、外部环境、当地资源、人

↑ 磨刀石站的改名，在中东铁路沿线有些代表性。它们“改名换姓”，除了历史背景下的大环境所需，也有当地民俗、语言习惯的影响。

文风情、客货业务量和线路质量等诸多因素的影响，沿线的火车站造型各异，色彩纷呈，童话般地伫立在火车经过的地方，构成了一道靓丽的风景线。顺着一张《中东铁路车站名译对照表》查下去，中东铁路时期干线从东至西大小车站就有 155 个。今天，当我们沿着这条线路从东至西一路走下去，当年的很多车站早已荡然无存，继续沿用原来名字的车站不足 30%。

# 第三章

# 重镇走笔

散落在中东铁路沿途的部落、村庄、码头和城镇，并非都是“火车拉来”的。在很早很早以前，我们的先人就在这片土地上垦荒耕种，构筑蜗居，有了人间烟火，形成了城镇的雏形。清末，一大批背井离乡的山东、河北、河南劳工，随着“闯关东”的大潮迁移至东北地区，生活在中东铁路沿线。关内外民俗、塞外少数民族文化和西方文化在这里碰撞交融，产生了独具特色的东北重镇。毋庸置疑，中东铁路的修建催化了沿线工业化、城镇化的形成和发展。这些大小城镇对特定区域的社会和人群在政治、经济、文化、历史、生活以及集体记忆中无不产生着深远的影响，镌刻下不可磨灭的旧影时光。

## 成吉思汗：镇名源于火车站

当火车把我送到这个山乡小站的时候，已近黄昏。夕阳红红的脸映红了小站，也让静静站立的站牌多了几分宁静、庄严和伟岸——“成吉思汗”，蒙汉两文对照，黑底白字。真乃霸气！火车站以皇帝来命名，在中国尚属唯一。

成吉思汗的镇名确实有些来头。

这个内蒙古自治区扎兰屯市所辖的重镇，建于1691年（康熙三十年）。百余年来，人们都在猜测：既然以成吉思汗命名此地，那么，一定与成吉思汗本人有关。还有人认为，成吉思汗曾率兵在此屯兵打仗，成吉思汗火车站左右又有丰荣车站和古里金车站，这是成吉思汗麾下两员大将的名字，两侧护佑，且又战死在这里。车站因此而得名。这么看，坊间的说法应该是有些道理的。

但是，猜测归猜测，传说归传说。著名历史学家翦伯赞先生1961年7月访问了内蒙古自治区东部，在之后的撰文《内蒙访古》

中明确指出：成吉思汗车站、成吉思汗镇的名称来历与成吉思汗本人毫无关系，而应是以初始金长城即被误称“成吉思汗边墙”之源。翦先生的推论，得到了国内大多历史学者的认可。目前看，这是一个论断。

那么，成吉思汗火车站和成吉思汗镇是怎样得名的呢？原来，成吉思汗火车站和镇以成吉思汗命名，与金代长城与中东铁路有直接关系。至于来龙去脉，说来话长，我们所知的也只是个“皮毛”。

辽金时期，金国为了镇压北部部属的反抗，安定其后方形势，于金天眷元年（1138 年）在此修建了城墙，也称金边壕、壕堑、边堡，共分为三段，总长约 5000 多公里，其中一段蜿蜒穿过阿荣旗进入扎兰屯市 9 个乡镇，延伸向黑龙江省境内。20 世纪 80 年代中期，历史学者将这座修建于金代的古长城正式定名为“金长城”，与“成吉思汗边墙”并不是一回事。

这里是从黑龙江进入内蒙古的第一站。沿着绥满公路，驱车从哈尔滨到呼伦贝尔，途经此地，醒目的标志提示：你已经进入内蒙古界。停车实地察看，“金边壕”蜿蜒在矮矮的树丛里，几近被风沙所埋没，只有借助界碑才能了解这里的所有。对面的山坡上，是搭建的“蒙古大帐”，牛头大门气贯长虹，颇有些当年大汗出征的阵势。当然，这都是为了旅游的需要，也是成吉思汗镇的一大景观，一个新的经济增长点。

1901 年 5 月，中东铁路由哈尔滨修至扎兰屯时，在今成吉思

⊕ 金边壕对面的山坡上，是搭建的“蒙古大帐”，牛头大门气贯长虹，颇有些当年大汗出征的阵势。

汗车站附近横穿金长城，其交叉点就在车站东南 10 公里处。在确定车站名称时，俄国中东铁路工程技术人员有些犯难，怎么也起不出一个像样的站名。他们便根据当时地图标明的“成吉思汗边墙”，考虑中东铁路在此相交，便将车站名称确定为“陈齐思汗”。时隔 20 年后，中东铁路督办宋小濂视察沿线车站时来到这里。他听着俄罗斯站长嘴里叽里咕噜说着“陈齐思汗”，还以为是“大舌头”。他便问身边的人，身边的人也都这么说。这不土不洋、不中不外的站名，很是别扭。宋督办颇有学问，对这一代的历史掌故有所了解，“不管天骄是否在此征战，误传也好，事实也罢，呼伦贝尔毕竟是大汗的故乡，车站以此命名，岂不以示纪念乎？”于是，他拍板决定：将“陈齐思汗”车站改名为“成吉思汗”。地名随了车站名，从山村到城镇，成吉思汗的地名叫到了现在。

宋督办果真学识渊博，一语中的。当年铁木真统一呼伦贝尔草原、蒙古高原诸部后，于 1206 年在斡难河（今蒙古国鄂嫩河）称汗，即“成吉思（蒙古语“拥有四海”之意）汗”，建立蒙古政权。此后，成吉思汗亲率大军拉开了进入中原的序幕，进入中原的路线就是从呼伦贝尔草原出发的。

大野惊风的呼伦贝尔草原，是一代天骄的故乡。我曾到过额尔古纳右旗中俄边境的黑山头，当年大汗征战出发的城堡遗址依稀可见；在莫尔根河旁高高的山上，金帐汗部落旌旗猎猎、号角声声；海拉尔“成吉思汗广场”上有一座塑像：大汗征战凯旋，在铁骑上向着故乡的方向，踏马归来。在与大汗有关的地方，大都有他的塑像，威风凛凛。

所有这些，都更加吸引着世人对成吉思汗古镇的向往。在这里，人们可以一睹一代天骄成吉思汗的辉煌过往，还可以与当地的蒙古族民众友好相处，领略马背民族的热情和豪放。来到这里，最有文化内涵的是，可以在附近的小站、村镇走一走，到鄂温克、鄂伦春、蒙古族老乡的家里坐一坐，喝一杯奶茶，抓一把炒米，研究一下地名，会感觉颇有意思。哈拉苏，是鄂温克语“被大火烧过的死树”，即“火燎杆”之意；雅尔根楚，系鄂温克语“河卵石极多”之意，另有一说，是“茂密的森林”“富裕的山村”之意；还有务大哈气，系鄂温克语“红柳树”或“富饶的山乡”之意。这边的火车站名、乡镇名多有富足、安泰、祥和之意，既会为你的旅途增添一些情趣，也会给你带去哈达般的吉祥与祝福。

# 博克图，一个与“鹿”无关的地方

## 山里那段被废弃的铁路

这是山里一段被废弃的铁路，像脐带一样连着博克图小镇。它从远方蜿蜒而来，穿过隧道，又继续伸进远方的雪泽里，直到消失在视线之外。

这是一条附属的隧道，不太长，视线穿过洞口，能清晰地看到对面的景色。走进隧道，洞口处的钢轨在冬日下闪着亮光，还没有那种锈蚀斑驳的迹象。隧道里的风很大，卷着雪花迎面扑来，我忙拉紧了风雪帽。脚下石砟的撞击声金属般回响，深深地击打着我的心灵，催促着我的脚步，穿越这时光隧道，阅读它的前世今生……

闻名世界的兴安岭铁路隧道，始建于1901年，坐落在兴安岭山脊上。隧道海拔973米，全长3078.2米，宽8米，高7米，东西走向，花岗岩地质结构。隧道口雄伟壮观，隧道呈一条直线，东口低，西口高，高低差30多米。洞口的上方清晰地刻着“1901—1903”的字样，是它的开凿与完工时间。

隧道上方的掩体近乎于一个钢筋水泥浇筑的堡垒，里面因山体雨水渗漏，墙壁形成了厚厚的青苔。两侧的机枪眼、瞭望口、通气孔和战斗设施一应俱全，脚下的铁路尽收眼底。堡垒易守难攻，呈“一夫当关，万夫莫开”之势。

1897年春天，沙俄中东铁路勘测队几经辗转来到兴安岭山脚下，面对巍峨的山峰一筹莫展。是穿越还是绕行，经反复论证，决定开凿隧道穿越。

1901年3月，大兴安岭白雪皑皑、天寒地冻，就在这个时候，兴安岭隧道工程开工，干线第四工程段工程师博恰洛夫为工程总负责。早在此前的2月10日，沙俄举行了后贝加尔铁路建设竣工仪式，第一列西伯利亚列车已经开进了满洲里境内，凿开兴安岭隧道已是迫在眉睫。兴安岭气候异常恶劣，全年无霜期仅5个月，冬季滴水成冰，数以千计的中国劳工，饥寒交迫，承担繁重的体力劳动。

中东铁路穿过博克图小镇后，进入大兴安岭腹地。这里群山叠嶂，峰岭相依，铁路只有形成螺旋展线绕山而行后才能从东口进入兴安岭隧道，故在修建螺旋展线和兴安岭隧道的同时，还凿筑了几条子隧道和连环隧道。

随着铁路建设的长足发展，为最大限度提高运输效率，2007年滨洲铁路改线取直，螺旋展线完成了它的使命，退出了历史舞台。

⊕ 这里群山叠嶂，峰岭相依，铁路只有形成螺旋展线绕山而行后才能从东口进入兴安岭隧道，故在修建螺旋展线和兴安岭隧道的同时，还凿筑了几条子隧道和连环隧道。

随后，当地政府将这个人类工业奇迹完整保留了下来，成为今天的“蒸汽时代”主题公园。

走出隧道，别有洞天。四周群山连绵，铁路环线盘绕。头顶之上，穹庐之下，只有如洗的蓝天、飞过的鸟儿和脚下的雪野。

高岗处是几栋俄式木刻楞建筑，尽管已经是残损破旧，但当年的风貌仍依稀可见。

“扑棱棱——”几只鸽子飞上屋顶。屋檐下，长长的冰溜子挂在那里，晶莹剔透。

坐在用旧枕木搭起的台阶上，身后是已缺损了房门的俄式老屋，眼前望向山谷里的“天井”下，是废弃的中东铁路，矗立的日伪碉堡，还有俄国人、日本人留下的建筑、工事及现在的铁路建筑和设施。

我凝望着、沉思着，思绪穿越时空，想象着这里曾经发生或传说的一切，试图把那个沙俄女工程师沙力娃的传说找到一个合理的答案；也在想象着，老照片上那些当年在这天然大舞台上穿着布拉吉、光着脚追逐嬉戏的孩子们，他们的灵魂安放在了何处？

这里既有传说，也记录着罪证。滨洲线曾经成为日本侵略者的运输线，他们修筑工事，构建自己的生活与防御区。那碉堡上四周黑洞洞的枪口、垛口，如今像一只只黑洞洞的大眼睛在审视着什么，又似在传递着什么。掠夺、战争、和平在这有限的空间里更迭交织着……鸽子的哨音，唤醒了我的沉思：历史的枪声已经远去，但是战争却从未走开！

迎着新中国的曙光，铁路回到了人民的怀抱。兴安岭隧道群中的新南沟站、沙力站、兴安岭站区一代又一代的劳动者、守卫者在这里奉献了青春，甚至是生命。

兴安岭隧道上有个新南沟养路工区，出了个全国劳动模范张巨福。他巡道30年，至少走了6个半万里长征，从未发生过一件事故。退休后，他的儿子、侄子接过他的道钉锤、巡检兜，成为新一代岭上铁路养护人。

隧道前方的高岗上，曾经是部队的营房，如今已经封存。扒开一块石头上覆盖的积雪，上面刻着“走向哨位，就是走向战场”的字样，暗灰色的碉堡上“永远忠于毛主席”“永远忠于党”的白色墨迹依稀可见。

沿着用旧钢轨和枕木搭成的“天梯”，从谷底登上山腰，眺望铁路环线在群山峻岭中穿行，我多么想再次看到这样的场景：蒸汽机车水满汽足、喷云吐雾，呼啸而来；汽笛声声，震荡山谷；车辆隆隆，排山倒海。那是一种何等的气魄与震撼啊！

岭上的达子香花开花落，冰雪几度消融。从中东铁路、伪满铁路、中长铁路到人民铁路，一百多年过去了，一切都已成为历史。“天井”之下，隧道之上，昨天和今天，历史与现实在这几乎与世隔绝盘旋而上的线群之间浓缩、凝结、汇聚。是啊，在山里有着无数条这样因完成了使命而被废弃的铁路，今天触摸着仍能感受到它们的温度。

## 沙力娃是个传说?

当年，俄国人为修建与西伯利亚大铁路相接的中东铁路，可谓倾尽全力，而凿通穿越大兴安岭的隧道则是这项工程的“啃硬骨头活”。修建隧道的工程技术人员来自俄国，大批劳工来自中国，石匠来自意大利。意大利历来以出雕刻家、石匠闻名。据说，在距博克图几千公里外的贝加尔湖畔，有一段环湖铁路，这条铁路原为西伯利亚大铁路的一部分。步行可以穿过这条铁路上的一处隧道，隧道出来洞口的石墙上的文字介绍说，他们当时是从意大利招募了一批石匠来修筑隧道。兴安岭隧道也是从意大利招募了 500 名石匠，专门从事衬砌施工。为加快施工进度，俄国人决定从几个作业点同时横向开凿，由山顶向下开凿 6 个竖井，由马匹拉动绞盘将开凿后的石砾与岩土直接运出，扩大作业面；1901 年 9 月，引进蒸汽式凿岩机，不久隧道电站建成，机电设备投入使用，加快了掘进速度。由于施工条件艰苦，多数意大利石匠弃工回国，剩余工程由中国劳工完成。而始终负责这项宏大工程中隧道贯通计算工作的，就是一个叫作沙力娃的俄国女工程师。

据说，沙力娃年轻、漂亮，金发碧眼，皮肤白皙。她天性沉稳，很是内向。不论是大雪封山，还是蚊虫叮咬，风餐露宿，她都坚持在现场，用今天的话说可谓是“呕心沥血”了。随着贯通的时间一天天临近，沙力娃的担心和压力也在一天天增加。可怕的事情还是发生了：由于隧道未按期对接贯通，恐差之毫厘，工程蒙受损失，她深感自责而投崖自尽。结果，她死后的次日隧道便贯通了，原来是现场测量出了偏差。为纪念这位自尊的女性，沙俄修建了“沙力碑”，而且还将隧道东口车站命名为沙力站，音译为“萨尔达诺瓦”。

如今，高耸在兴安岭之巅的沙力碑，由色彩斑斓的花岗岩砌筑，因碑上无字，又称“无字碑”。其实，沙力碑并非真的是为沙力娃而建，而是隧道的坐标点，沙力娃的故事只是一个传说而已。

时光荏苒，转眼百年。沙力碑附近的第三代次生林都长至10米开外，但它依然高耸于林梢之上，接受永不放弃这个传说的沿线居民和善男信女们敬献的美酒、哈达和随手采摘的野花，让那份虔诚的敬爱，随凌空飘去的云朵，幻化成凄美的遥祝。沙力娃的传说曾经以文学形式发表于各类刊物，原本以为这仅仅是杜撰和演绎的民间提升，想不到在俄罗斯，不但被大多数人固执地认可，更是坚信这传说最早出自他们，甚至在俄罗斯秋明市的一家博物馆里，还珍藏有女工程师在德国皇家工程学院毕业的证书，证书上的全名为莎莉·茹科夫斯卡娅。

兴安岭隧道贯通了。依照线路坡度和动力牵引能力测定，博克图机务段使用最适用于高寒带的气密良好的美国“迭喀波拖”型新式蒸汽机车为主型机车担当运营。当年，蒸汽机车这个怪物冒着白烟，鸣着汽笛，呼哧呼哧地喘着粗气，牵着一列绿皮车厢，穿过草原，越过山岗，钻进黝黑的山洞，又从另一头钻出，车上坐着喝咖啡、抽雪茄的高鼻子蓝眼睛洋人，那是何等令人新奇的场景！当然，他们从来不会想到车厢之外，还有沙力娃这样一个凄婉的故事。

## 帝国驿站乃兵家要地

博克图原系蒙古语“有鹿的地方”，是当年蒙古帝国边疆的小小驿站。亚欧大通道古已有之，史称草原之路。这里，既是游牧民族的故土，也是他们驰骋出击的通途；既是“一夫当关，万夫莫开”之要塞，又是历来兵家必争之重地。在中东铁路干线上，其“霸主”地位不可撼动。如果说中东铁路是一横的话，大兴安岭就是一竖，这一横一竖十字坐标的原点就是博克图。

从清雍正十年（1732 年）巴尔虎兵丁在这里设立下戍边驿站，到 20 世纪 90 年代中期，博克图历来都是“兵家之地”。从 1932 年海满抗战，到 1945 年苏联出兵东北；从 1946 年兴安“老六团”以死相拼，固守要塞，到 1969 年中国人民解放军两万官兵进驻博克图，呈现出“两万居民两万兵”的景象。博克图因要塞而兴军，因兴军而强镇，并成为军队驻守的要地，成为国家东北防御体系的组成部分。

100 多年前，铁路对国人来说是稀罕之物，当时中国大地上有两条连接境外的铁路，一条是中东铁路，另一条就是法国人主持修建的滇越铁路。相比之下，中东铁路的通车时间要早于滇越铁路，

↑ 如果说中东铁路是一横的话，大兴安岭就是一竖，这一横一竖十字坐标的原点就是博克图。

兴安岭隧道则是当时中国最长的铁路隧道。自它通车之日起，这里就一直是重兵把守、扼住咽喉。

从日俄战争爆发当日，第一趟军列晃晃悠悠地通过隧道起，这里就战事不断。战争爆发，军事紧急，俄军方敦促施工方交付使用。隧道内积水严重、路基不稳，险象环生，但是军方不听劝阻，冒险通过满载俄军士兵的列车。隧道内光线极暗，两侧靠人工拿着信号灯引导。军列东摇西晃，侥幸通过隧道。

兴安岭隧道两次险些毁于战火。1932 年 11 月下旬，日军沿铁路进军呼伦贝尔，苏炳文抗日部队撤退前，准备炸毁隧道阻止日军前进，但被苏联方面制止。1945 年 8 月 8 日，苏联对日宣战。8 月 12 日，苏军第 39 集团军沿滨洲线向海拉尔进军，日军为阻止苏军进攻，试图在隧道内密布地雷和炸药，待苏军逼近时炸毁隧道。谁料，苏军抢先占领了隧道，使日军阴谋没有得逞。苏军工兵上尉叶夫麦诺带领 38 名工兵，凭借手电微光，在漆黑的隧道内搜索 8 小时，排除 1537 颗地雷及炸药，使隧道安然无恙。

兴安要塞不仅扼守博克图一隅，并且与乌奴耳、免渡河，以至海拉尔军事要塞连接成一个庞大的防御体系。守住这里，就等于关紧了进入中国东北平原亦或挺进山海关的大门，战略位置非常重要，始终是国家防御体系的重要一环。

当然，让博克图人真正怀念的还是 20 世纪 60 年代到 90 年代初期，守备部队两万余名指战员驻守要塞的岁月。在营房不足时，一户住家住进一个兵，军装绿成为林区古朴小镇的底色。每天嘹亮的起床号和熄灯号声，至今萦绕在那一代博克图人的耳际。如今，博克图守备部队的大院还在，石碑上的大字镌刻着当年的威严。原师部大院被镇中学租用，朗朗读书声代替了军人响彻山谷的口号声。

# 蚂蚁河畔的《钟声》

## 《钟声》响处是故乡

我们家住在火车站旁边，南来北往的火车一天不知道有多少趟。“哞……”“呜……”，有长声，有短声；轮子有转得快的，也有转得慢的。在这么多火车声中，孩子他爸老于包乘的那台机车一来，听声音，我们全家就都知道了。为啥？因为他那台火车头上有个铜钟，车一进信号线，他就打开开关，钟声就啷当啷当响起来。越到家门口，铜钟响得越欢，当啷啷……好像有个约会似的，告诉：“我回来啦！”“我回来啦！”

这是1963年在《北方文学》第四期发表的短篇小说《钟声》，轰动文坛，还曾编入了中学教科书。《钟声》一开头就把人们带到了一个特定的铁路环境，这个环境就是古镇——一面坡。作者陈桂珍是原一面坡机务段一名乘务员的妻子，自己是乘务员公寓的服务员，地道的工人作家。这《钟声》，融入了古镇人的骨髓里。一面坡人，著名电影表演艺术家李默然先生曾说过：“只要听到‘钟声’，我就回到了故乡。”

## 从“一墁坡”到“武卡斯”

“一墁坡”“武卡斯”，这都是些什么词？说起来简单，听起来都是故事。

一面坡镇地处黑龙江省尚志市东南，位于蚂蚁河南岸、张广才岭下。至于何以得名，镇上的人众说纷纭。有人说，镇内主街中有一长约 50 米的斜坡，当年闯关东的山东人叫它“一墁坡”，久而久之成了“一面坡”；也有人讲，镇中由西向东形成缓缓坡度，冬天路面如一面镜子，故名“一面坡”。你说我说，倒也无需定论，反而为这古镇增添了几分神秘色彩。

古镇是有故事的。清咸丰初年，直隶人刘禄、山东人李昌盛来到一面坡的蚂蚁河流域采参。他们被这里的景色所吸引，于是决定安营扎寨，成家立业。时隔不久，两人都娶妻生子，拉扯起家业。关里的亲戚、朋友陆续赶来，不久这里就聚集了一两百人。他们在这里男耕女织、打猎捕鱼，繁衍生息，享受着大自然的恩惠。到了清光绪初年，一面坡已经成了初具规模的小镇。

中东铁路的勘测、修建打破了蚂蚁河两岸的宁静。一面坡站建于 1899 年，1903 年 7 月正式通车，当时只有 5 条股道。这里是哈尔滨至牡丹江之间重要的补给站，蒸汽机车到站后都要加煤、清灰、上水，整备作业需要 2 个多小时。随之这里建起了机务段，修建了 5 洞、15 米长的拱形机车检修库，水塔、水鹤，供机车检修整备使用的设备一应俱全。俄国人把这些机车集中的地方称为“武卡斯”。

当时，一面坡机务段共有机车 15 台，大多是美国和英国生产的蒸汽机车，也有少数是俄国生产的，第一任段长为别斯道夫。机务段主要担负高岭子及白帽子两个区段的补机及牡丹江至一面坡的客车牵引任务。当时的机务段里有着严格的等级，段里的中层以上干部及技术人员全部是俄国人，中国人只能担当上煤、上水和机车司炉工作。别斯道夫是一个留着满脸大胡子、极其狡诈的家伙，总是喜欢待在办公室里，一边嘴里叼着雪茄，一边手里拎着酒壶，拿着一个倍数不大的望远镜来隔窗窥视中国工人的工作。下班或休假，这个家伙经常骑着一匹白马，脚蹬马靴，在小镇上耀武扬威。

铁路的兴起，带来了人气的兴旺。以车站为分界，铁路线以南是中国人居住区，铁路线以北的蚂蚁河畔为俄国人聚居区，鼎盛时期俄国人达 3000 多人。他们在蚂蚁河畔建立了疗养院、医院、俱乐部、图书馆。同时，他们还在车站附近修建了圣谢尔基教堂。每到夜晚，俱乐部、官邸、军营里灯火通明，舞乐飞扬，其社会影响力和繁华程度仅次于哈尔滨。

## 太阳照在蚂蚁河上

说起一面坡的《钟声》，其真正发出清脆的声音，还是在东北光复后。太阳照在蚂蚁河上，冰冻的土地开始苏醒，大皮沟的天一下子晴朗起来。

1946 年 10 月 1 日，牡丹江铁路管理局成立。一面坡铁路在党的领导下，以翻身做主人的热情，积极支援解放战争。无论是车站，还是机务、工务的职工家属，都把支援解放战争作为首要任务，提出了“为人民铁路立功”“后方多流汗，前方少流血”的口号。职工家属们也积极支援前线，不知有多少个夜晚，家家户户的煤油灯从天黑燃到天亮，在献物、劳军、节约的热潮中，仅一个月的时间，贡献的军鞋、手套、袜子、牙膏、食品等物品就拉了两个闷罐车。铁路工人的热情极大地鼓舞了镇上的百姓，大皮沟、九江泡、小北门等三村五里的百姓纷纷加入到“支前会”“妇救会”的劳军队伍中，整个小镇洋溢着“猪啊、羊啊送到哪里去，送给那亲人解放军”的支前氛围中。

在一面坡长大的陈桂珍，感受到了新旧铁路的变化，以她自身经历，向文化教员讲述了自己的感受，这就是后来的短篇小说《钟声》。小说描写了军代表发展党员、组织职工家属学习文化、小镇人支援前线的故事。小说生动感人，再现了一面坡铁路人翻身解放、支援解放战争的感人画面。人民铁路的“钟声”第一次真正在张广财岭下奏响。

20世纪60年代初，电影《甲午风云》在全国上映。剧中邓世昌的扮演者李默然先生回到家乡一面坡休养。他见到了《钟声》的作者陈桂珍。“邓世昌”紧紧握着陈桂珍的手说：“谢谢你。你是咱一面坡人的骄傲啊！”

后来，再后来，一面坡的驻军走了，军营撤了；机务段合并，机车库闲置；镇上的人也走了很多，大量的房屋闲置起来。“钟声”渐弱，昔日繁华的“铁路城”沉寂在张广财岭下。

## 布谷叫醒一面坡

2015年，“三九”的第二天，又一队人马开进了一面坡。他们推开了站前街上一扇锈蚀斑驳的铁门，迎着寒风，踏着没膝深的大雪，走进了闲置多年的原一面坡机务段旧址，径直奔向那个长满了野草的机车库。

从这一天开始，因铁路而奏响的“钟声”再一次唤醒这个沉寂的古镇——哈尔滨铁路局一面坡红色教育基地即将在这里开工建设。

转眼到了第二年的4月，一场春雨把这个山里小镇洗刷得清清爽爽、透透亮亮。远处，青山如黛，连绵起伏，晨雾如纱，在山腰间飘散着，或浓或淡。街道两旁、房前屋后的篱笆院里，青菜绿油油、

㊤ 百年的机车库被修缮一新，作为“哈尔滨铁路局局史教育馆”，再现百年变迁。

清冷冷的。寂静的街道上，偶有一两个行人从身边走过，不紧不慢。不知从谁家院子里溜达出一只小狗，而后又悠然离开。如果不是那些古老而又独具特色的欧式建筑时不时地进入视线，怎会想到，这里已有百年历史，这是一座典型的因火车而兴起的城镇。火车站前，一条用青石块铺成的街道叫“火车头路”，铁路街、道南街、道北街的街道名称延续至今。

冬去春回，短短几个月时间，这里已经是翻天覆地、今非昔比了。偌大的施工现场，脚手架高高立起；推土机、卷扬机马达轰鸣。“解放”“人民”“建设”“上游”型老式机车已经进场并且成扇面形停在轨道上。百年的机车库被修缮一新，作为“哈尔滨铁路局局史教育馆”，再现百年变迁。一面坡镇新的历史地标诞生，成为百年小镇生辉之眼、诱人之光。

行走在如歌的岁月里，漫步在历史的花园中，历史的契机让人们与这片古老而年轻的土地相遇、相知。

太阳早早爬上了山顶，躲在晨雾后面。小镇在苏醒，耳边只有那清脆的叫声在回荡：“布谷……布谷……”

布谷鸟叫醒了一面坡，也唤醒了小镇人的铁路情。那真是一个令人激动的春夏季节。往日冷清的小镇，一下子进来了基地建设、电气化改造、车站旧跨线桥改造等各路施工人员 17000 多人，南腔北调的口音让小镇人兴奋得不得了，好多人都加入了志愿参建的队伍。“能用的，尽管拿；老物件，有就给；需要啥，吱个声”，那

⊕ 走在哈尔滨铁路局一面坡红色教育基地园区里，仿佛打开了一部历史书，走入了一段尘封的岁月。

场面，绝不亚于《钟声》里描写的当年。老铁路“赵四”在工地上一天忙到晚，尽管腿脚不好，但是一刻也不停歇：“总算又盼到这一天了。累啥？不累！”他是地道的一面坡人，打小儿就住在火车站边上，“我是听着火车站的钟声和道口的铃声长大的，一天听不着心里都空落落的。”听说要建铁路博物馆，他和伙计们合计着应该干点啥。家里的“三轮子”献出来了，临时帮着运料；埋在机务段院子里的老物件挖出来了，焊接成了钢筋铁骨的“人”字造型，伙计们给它起名为“力量”，现在就立在“中东铁路风情园”里。不管是铁路的，还是镇上的；不管是南村的，还是北屯的，人人都想使把劲儿。

8月的张广才岭下，蚂蚁河畔，一派动人景象，占地面积8.2万平方米的哈尔滨铁路局一面坡红色教育基地建成。从无人机拍摄的基地照片看，整个基地就像一列正在行驶的动车组列车，紧紧依傍着滨绥线。

走在园区里，仿佛打开了一部历史书，走入了一段尘封的岁月。百余年来，中国铁路一路追寻，脚步不息；穿越时空，震撼心灵。一张张发黄的老照片，一件件珍藏记忆的实物，一段段真实动人的故事，连缀成波澜壮阔的历史画卷。

## 巴扬遗落的音符

### “巴扬”点燃的夏夜

正值盛夏，太阳一落山，夜幕下的小镇便凉爽起来。山风送来阵阵松香，蛐蛐在脚下鸣唱。街灯亮起来了，橘黄色的灯光下游客悠然地漫步着，几对情侣依偎在木凳上，情话绵绵。

小镇的一端是油画村，几间中东铁路的老建筑使这里多了几分旧时风情。一个俄罗斯小伙拉起了手风琴，伴随着《喀秋莎》美妙的乐曲，身着各色服装的游客跳起了舞蹈，乐曲声、歌声、笑声在夜色下弥漫。身边的一个俄罗斯画家凝神专注地拿着画笔，不为所动。但是从神色看，他的内心正是激情澎湃。这座传神的雕塑显然已经融入了这欢乐的人群，更点燃了夏夜的激情。

横道河子，巴扬遗落的音符。

巴扬是一位俄罗斯的演奏家，因当时演奏古老的手风琴而闻名。古手风琴经过他的无数次改良而成为今天我们看到的键钮式手风琴。

那一年，我在俄罗斯布拉格维申斯克的大街上，看到一位胸前挂满勋章的老战士正在拉着手风琴演奏，曲子好像是《山楂树》。友好的俄罗斯导游娜莎善意地告诉我，他演奏的乐器叫“巴扬”，和现在手风琴的键盘不太一样。巴扬，就是我们通俗概念上的手风琴了。

## 机车库犹如“手风琴”

从油画村出来向西，走过一条俄罗斯风情小巷，这里矗立着一架巨大的“手风琴”——横道河子机车库。它既是中东铁路上最繁忙的地方，也是整个中东铁路上最具魅力的景观，曾经登上了美国《国家地理》杂志的封面。

当年从牡丹江到哈尔滨的列车翻越张广才岭，爬上陡峭的高岭子，需要在横道河子加挂补机助推，最多时需要加挂五六辆助推机车。为了维修和存放这些机车，中东铁路全线贯通时修建了这座机车库。这座欧式风格的建筑，虽经百年沧桑，但风采依旧。车库整体呈扇形，红砖铁瓦，造型优美，风格独特。车库有 15 个停车位，门前有一个转盘， 转动后连接各停车位上的机车出入库，以便为翻山越岭的机车提供大型后勤基地。

这座扇形机车库是当时中东铁路规模最大的机车库。机车库铁瓦盖顶，外墙采用清水砖砌筑，门立柱用两道花岗岩石加固和装饰，屋檐则利用砖砌檐口层层出挑的方式做出锯齿状线脚，呈现出较强的韵律感。库房面积2000多平方米，每个库房均有拱门圆顶和五六米高的黑色大门，15个圆顶个个相连，形成波浪起伏的造型。

在中东铁路沿线，满洲里、海拉尔、博克图、一面坡等较大的机务段大都有这种扇形库，基本造型、施工方法和功能大体一致，只是规模大小不等。目前尚在服役的只有齐齐哈尔机务段博克图运用车间的扇形库了。机车库外面的转盘道铁轨可谓是“八国联军”的集合体了，轨面下的凹槽里可见俄罗斯、波兰、德国、奥地利等制造商的外文字母和日期。当然，这些尚存或部分被拆除的机车库中，保存最完整、最具美感的，还是横道河子机车库。

横道河子机车库也是由于蒸汽机车淘汰和高岭子线封闭，直到20世纪90年代才停止使用。2014年，机车库以旧复旧，改建成中东铁路博物馆。馆内收集了火车机车、机车配件、铁路工人生活和工作用品300多件，不仅有珍贵的历史图片，还可以现场听到蒸汽机车运行原理的讲解，并做静态的实际操作，让好奇的人们体验一把“离地三尺三，赛过活神仙”的开火车的感觉。

将最早的横道河子机车库和现在修复后的机车库景区相比，我更情钟于前者，它更原始、古朴、真实，更具旧影时光的穿越感。

每当落日的余晖洒在机车库的正面，宛如给它披上了一件金色

3
4
5
6
7
8
9
注意安全

⊙ 红色的砖墙，白色的勾缝，黑漆的大门，闪亮的钢轨，列成一排的机车库眼如一架巨大的手风琴，每个机库大门就像键盘，键盘里面藏着机车，机库大门前面的铁路线宛若琴弦。

的羽衣。红色的砖墙，白色的勾缝，黑漆的大门，闪亮的钢轨，列成一排的机车库眼如一架巨大的手风琴，每个机库大门就像键盘，键盘里面藏着机车，机库大门前面的铁路线宛若琴弦。琴弦被一个大大的圆盘收拢，随着圆盘的旋转，琴弦拨动，键盘开启，一列列机车由内而外滑向圆盘，而回归的列车也随着圆盘的转动被收进车库……现在，到发线上停着的那台老式蒸汽机车，好像刚刚出库，站在起跑线上，整装待发。如果它还能不时喷出巨大的蒸汽，鸣响高亢的汽笛，一定会有一种恍如隔世的错觉。

横道河子机车库无论是功能设置还是建筑艺术，都反映了一定历史时期的背景，为世人了解这段历史提供了难得的实物证据。其设计之奇巧、观赏之悦目、收放之自如，让人赞叹。其修缮设计工程曾获“全球卓越建设奖”“文化遗产保护类金奖”，功载史册。

百年机车库，这巴扬遗落的音符，在大地上留下余音。一声长鸣的汽笛，唤醒了小镇沉寂千年的山林。从此，滚滚的车轮辗过铁道线上的每一根枕木、每一颗道钉，为今天的我们记录下古镇的百年风雨、百年沧桑。

## 小音符的天籁之声

一条中俄文化创意小巷穿过横道河子镇。它自 1897 年款款走来，带着文艺的气息扑面而来。街道上似乎还可以听到思想与创意激烈碰撞的声音。与油画村毗邻的山坡上，坐落着全国唯一一座木制教堂。它与中东铁路机车库相比，只能是一个小小的“音符”了。

横道河子是中东铁路一个重要的枢纽驿站。火车不仅满载着中国的木材、煤矿、粮食通过这里，经绥芬河口岸，运往俄罗斯远东地区甚至莫斯科、圣彼得堡，同时还带来了异国侨民，也带来了与东方宗教迥异的东正教。中东铁路尚未通车，这些异国侨民便在横道河子镇东的一个山坡上建起了约金斯克教堂，又叫圣母进堂教堂。这个教堂比哈尔滨的索菲亚教堂早了好几年，其容纳宗教信徒的规模也仅次于哈尔滨的尼古拉大教堂。

古老的中国以包容的心态接纳了东正教的存在，教堂悠远的钟声与火车汽笛的嘶鸣飘荡在张广财岭上空，紧随其后的是宗教、文化、商人、手工业者。到1907年，这个小镇人口已达到2万多人，紧接着，又一些资产阶级贵族、地主、商人、流浪汉一起涌向了中东铁路，成群结队来到横道河子——他们心中的“乐土”。无论是早期修铁路的移民，还是从苏联逃亡的难民，他们的宗教信仰是一样的，每个周末都在教堂做礼拜。随着钟声响起，他们从各家的木刻楞小木屋里鱼贯而出，走向教堂。教堂里，每天都传出管风琴的演奏声和唱诗班的诵读声，每一个音符都渗透着异国文化，与横道河的波浪一起在山谷中飘荡、腾跃。

当时东正教的七大圣礼都在这里举行。教堂的钟每隔一个时辰就会敲响一次。这座可容纳500多人的教堂，每逢节日，西起石头

⊙ 约金斯克教堂是一座拜占庭式的建筑，是迄今为止中国唯一的一座木制教堂。

砬子、亚布力乃至哈尔滨，东到海林、铁岭河一带的东正教徒们纷纷涌来。

这座拜占庭式的建筑，是迄今为止中国唯一的木制教堂。教堂通体为绿色，窗沿和屋檐的纹饰雕刻精美，整个建筑是用上好的木材榫卯而成的木刻楞结构，外表神圣庄严，内部金碧辉煌。如今，教堂不再轻易对外开放，如果进入，也要穿上鞋套，以免弄脏修缮一新的大厅，当然，这是对历史文物保护之需。

教堂敲响的不都是信徒们的虔诚，也为对信仰和生命肆意践踏的侵略者敲响过丧钟——1945 年，日本战败，众多信徒们涌进教堂，祈祷世界和平。几天后，这座教堂见证了一个伟大的历史时刻：8 月 13 日，苏联红军第 26 军军长斯克沃佐夫在这里主持了接受日军投降的仪式。

历经沧桑岁月，东正教、犹太教逐渐淡出人们的视线，留下的不仅仅是美轮美奂的宗教建筑，更多的是历史积淀下来的人文特色，经久不息地影响着这些城镇，影响着人们的思想和观念，让百年小镇活力四射。

## 王洛宾在这里当过信号员

素有“西部歌王”之称的王洛宾怎么会来到这东北的一隅？其实，他在横道河子车站当过三年信号员。

1928 年，15 岁的王洛宾一路颠沛，来到哈尔滨的姐姐家报告父亲去世的消息。在南满铁路做翻译的姐夫把他介绍到横道河子火车站上班。往返于哈尔滨和横道河子间的王洛宾很快结识了一批志同道合的朋友，如赛克、金剑啸、沙蒙、萧军等。这里为天资聪慧的王洛宾提供了艺术的沃土，他几乎一场不落地看了横道河子俄侨交响乐团的演出，跟赛克学弹七弦琴、学作曲，向俄侨音乐家学习声乐基础。他为赛克的诗集谱曲，为萧军的小说《八月的乡村》创作插曲，同时还创作了多首爱国歌曲。孜孜不倦的学习和创作，奠定了王洛宾中西融合、亲切流畅的音乐风格。

王洛宾学习音乐十分投入，常常把手中那面信号旗变成指挥棒，挥洒出优美的旋律。当然，也闹出过一些笑话。一次，正是王洛宾值班，列车出站的铃声一响，他下意识就把信号旗当成指挥棒，开始比划起来。司机趴在车窗上看得入了迷，忘了开车；俄罗斯旅客打开车窗或站在车门边，大呼“哈拉少！哈拉少！”甚至有人在车厢里跳起舞来，火车上下的人边歌边舞，好不热闹。“怎么回事？”站长出来了，才摆旗发车。后来，王洛宾在回忆中说：“在充满异域风情的横道河子，热情奔放的俄国侨民总会聚集在街头，琴师拉响巴扬，歌手一展歌喉，优美、欢快的旋律回荡在小镇上空。”

王洛宾是人们心中永远不落的音符。横道河子人没有忘记他，在机车库后面一个小俄罗斯房子里建了“王洛宾纪念馆”，收集了很多他在当地以及在哈尔滨的图片和物品，记录下他在这里短暂却有着深远影响的人生时光。

歌王的音符飘荡在小镇街头，文化的气息随处扑面而来。老街上的木椅是不规则的厚厚的木板，上面还有大树生长时留下的疤痕，是真正的“原生态”。黄底黑字，书写浪漫，每一张椅子上刻着不同的暖心话语：“只有一个人在旅行时，才听得到自己的声音，它会告诉你，这世界比想象的宽阔”“生命不是你活了多少日子，而是你记住了多少日子”“阳光正好，你嘴角带笑”……

## 杜捏子：最后的巴扬

小镇上有一个俄罗斯人，40 多岁，可能是音译的关系，镇子上的人习惯叫他“杜捏子”。开始叫他这个小名时，他很生气，总是瞪大眼睛，做出一个斗牛士的动作，用半土不洋的汉语说：“我叫杜聂金，察尔·杜聂金！”可是人们还是叫他“杜捏子”，后来他慢慢就习惯了。

杜捏子性格外向，生性好动，酷爱骑马打猎。他制作了一大把鹿哨，能吹出公鹿、母鹿、幼鹿等各色声调。在山里一吹，就会吸引来鹿群和别的一些动物。他每次出去打猎都有收获，归来时会哼着俄罗斯小调，在小镇上转上几圈，像一个胜利归来的勇士。周围的邻里只要有酒，就可以吃上他的野味。

当然，他最喜爱的还是两肩挎着巴扬，一边走一边弹奏，一边哼唱着一支歌，手指尖在键盘上优美地跳跃着，一副自我陶醉的样子。他常常用十个指头演奏巴扬，两条腿交叉跳起卡林卡。久而久之，他演奏最多的歌曲小镇上的很多人也会哼唱了。那是一支忧伤的俄罗斯歌曲《故乡》：

看那田地，
看那原野，
一片美丽好风光。
俄罗斯的大自然啊，
这是我的故乡。

看那高山，
看那平地，
无边草原和牧场。
俄罗斯的辽阔地方，
这是我的故乡！

有时唱着唱着，杜捏子会流下泪来。人们说："他想家了！"

听人说，杜捏子出生于一个贵族家庭，后来，他父亲来到了哈尔滨，在香坊现在的果园街一带做了农牧场主。家里养牛的活儿确实很多，但是，他的父亲和母亲却总是尽量不打扰他的学习和音乐。遗憾的是，这样其乐融融的日子没过多久便结束了。他的父母都不

↑ 歌王的音符飘荡在了在小镇街头，文化的气息随处会扑面而来。

在了，杜捏子来到了横道河子机务段开火车。从此，巴扬也就成了他“最亲的人”。

据当地老人回忆，杜捏子可能是最后一个离开横道河子回国的俄罗斯人。走的那天晚上，他家里的巴扬声、歌声和卡林卡舞蹈踏着地板的声响一直响到天亮。

横道河子，火车带来的不老时光。俄侨们走了，最后一个俄侨杜捏子走了，但巴扬遗落的音符，还在夜色下飘逸飞扬……

# 幽绝扎兰，在天一方

## 从横道河子到“布特哈”

一群蓄满胡须、金发碧眼的俄罗斯人背着巴扬，从横道河子出发，沿着正在修建的中东铁路一路向西。他们越过了张广才岭，跨过松花江流域，进入松嫩平原，眼前顿时开阔起来。火车把他们留在了一个长着野草的站台上，站舍正在修建中。举目四望，他们相拥欢呼，双脚已经踏上“布特哈”的土地，骁勇善战的成吉思汗和他的二弟、三弟曾从这里出征。

这就是现属呼伦贝尔管辖的扎兰屯。1901 年 5 月，沙俄政府将中东铁路修到这里，将此地辟为中东铁路上层人士避暑消夏之地。

大兴安岭南麓余脉和蒙古草原在这里相连，一条雅鲁河匆匆流过，东有碾子山，北有喇嘛山，山水相接。这些信奉东正教的大鼻子们也略知中国的佛教，喇嘛山上一尊天然的石头佛像，让他们发出惊叹。这些俄罗斯人也许是受到了中国建筑思想的影响，看中了这样一个依山傍水、避风朝阳、佛光普照的地方，扎兰屯成为中东铁路干线上休闲、度假、娱乐的疗养胜地。

## 世界上数一数二的百年“吊桥”

“不去吊桥公园看看，就等于没来扎兰屯”。当地人说，公园以吊桥最富盛名。走进吊桥公园，只见碧波荡漾的雅鲁河上，横卧着一座白色悬索桥，桥的两端各有两尊高大的汉白玉石柱。两根巨大的铁索高悬于空中，42 根黝黑的索链从石柱顶端孔口穿过，牢系在深插于地下的铁环上。桥面由木板铺就，桥栏为乳白色雕花栏杆，上面的俄文清晰可见。据说，世界上目前只有两座百年以上的吊桥，其中一座位于俄罗斯的伊尔库斯克，另一座就是扎兰屯吊桥公园中的吊桥。

顺甬道前行，两侧是参天的树木，桥下是潺潺的流水，花间蝴蝶翩翩飞舞，树上鸟儿啾啾鸣唱，三五成群的游人拍照留念。另有望湖亭、三角亭、环行湖、月形拱桥、一柱亭可供参观游览。杨柳婆娑，亭台错落，绿草如茵，碧波荡漾，可谓是处处皆景。

坊间似乎有个不成文的看法：衡量一个城市的文化底蕴，很大程度是看是否曾经有名士墨客来过。据说，20 世纪 60 年代初，老舍、叶圣陶、翦伯赞、曹禺、范文澜、吕振羽、端木蕻良等全国著名作家、史学家来到这里，留下了佳句名篇。踏桥而过，迎面花坛之后，矗立着一幢高大的影壁，上面白底黑字，镶嵌着诸多名人名家的题字、诗词。叶剑英元帅 1962 年 8 月游览扎兰屯时留下的《扎兰屯》一诗手书格外醒目：

雅鲁河畔扎兰屯，几派清流拥水村。
铁索悬空新瀑急，吊桥桥上忆长征。

步入园内，著名作家老舍先生的《辛丑夏访扎兰屯》一诗的手书映入眼帘：

诗情未尽在苏杭，幽绝扎兰天一方。
深浅翠屏山四面，回环碧水柳千行。
牛羊点点悠然去，凤蝶双双自在忙。
处处泉林看不厌，绿城徐入绿村庄。

从此，扎兰屯便以“塞外苏杭”的美誉蜚声中外。

### “塞外苏杭”映秀水

一个地方有了水，就有了灵性。扎兰屯虽居塞外，却有着江南水乡的风韵，所以老舍先生称扎兰屯为“塞外苏杭”，也就不奇怪了。

这里的湖光山色是城内城外、一衣带水的。城内的吊桥公园与城外的秀水公园一脉相承，公园内的流水就引自秀水公园穿流而过的雅鲁河。雅鲁河发源于大兴安岭东南的博克图，经巴林转向流入扎兰屯市区，河水清秀柔美，依山顺流而下，逶迤前行。与其说它是条河，其实多数地段倒更像一条小溪。河水悠然，时而舒缓，时而湍急，这是一条未曾遭受污染的河流，水是清澈见底的，可以一眼望见漂浮的水草和河底石板缝隙间游动的小鱼。黄昏时分，落日余辉洒在河面上，像有人撒了一把胭脂，染红了河水，人们便将这一带湖光山色称为秀水。

秀水，位于滨洲线上的扎兰屯西北，四周群山环抱，或嶙峋嵯峨，或绵延起伏，翠峦多姿，交相辉映，是风光秀美的自然风景区。

翠峦叠秀的山冈上，一亭独立，当地人称其为“一柱亭”。一柱亭下托陡崖，上映蓝天，拔地而起，别有风姿。

1961 年，著名作家老舍、教育家叶圣陶、历史学家翦伯赞应内蒙古自治区政府主席乌兰夫之邀到兴安岭。三老来到扎兰屯，游临秀水，登上秀水山，在临时用桦木、桦皮搭成的亭子内驻足休息。三老深得山野之趣，谈笑风生，为兴安岭各族人民的盛情所感动，为这天然画屏而啧啧称道。为纪念三老游临秀水，布特哈旗人民政府重修当年桦木亭。如今亭基以钢筋水泥构筑，亭身为木梁结构，

⊙ 1901 年 5 月，沙俄政府将中东铁路修到扎兰屯，将此地辟为中东铁路上层人士避暑消夏之地。

圆顶立柱，朴素淡雅。

立于一柱亭下举目远眺，顿觉天宽地阔，满目生机盎然，胸怀如天。山下巨木参天，杨柳松桦如绿涛涌动。万绿丛中，银沙斑驳，水光粼粼。悬崖绝壁之下，火车擦悬崖而过，喷云吐雾，蜿蜒蠕动。顺着列车向东南望去，采石山下的扎兰屯站银线道道。灯桥高耸云天，调车场一派繁忙。兴安岭的红松白桦就是从这里——兴安岭林区的南大门，向祖国四面八方源源不断地流去。

告别一柱亭，拨开荆棘灌木，顺着铺满鲜花的小路，几经周折便来到山下。进入林间，红柳抚岸，白桦依依，苍松劲立，百草丰茂。枝头鸟儿争鸣，地上野花点点，时而猫腰钻进灌木丛，时而在大树前流连忘返。不觉间，便到了雅鲁河东岸，好个“曲径通幽”。

岸边，垂柳倒映，拂得涟漪道道，羊儿在草地上忘返，马儿在河边痛饮。河水明暗聚散，后涌前翻，一路向前；人们在浅滩追逐，在沙地上仰卧，在水中捞鱼，在垂柳下小憩。老人的笑声、青年人的歌声、哗哗的流水声和沙沙的树叶声被山风汇成一首秀水情歌，飘上山顶。

## 还是到街上走一走

当时的中东铁路管理者把扎兰屯辟为疗养胜地，修建吊桥、俱乐部、避暑旅馆、铁路小学、铁路职工住宅等建筑，历经百年沧桑，现仍保存了当时5条街区的原貌和108处建筑遗址，成为内蒙古境内中东铁路遗址数量最多的地方。

与吊桥近在咫尺的是“六国饭店”。这是一层米黄色的矩形建筑，最早是由一个俄国青年于1903年创办的俄式餐厅，1937年餐厅成为苏联、挪威、瑞士、中国、日本、朝鲜等国上层官员、士绅聚集活动场所，改为六国饭店，主要接待中东铁路、满铁及地方上层人士。后来是内蒙古人民自卫军骑兵5师司令部，再后来成了扎兰屯铁路职工食堂。如今，这里是一家挂着米黄色招牌的俄式西餐厅。

饭店大厅里的陈设完全是俄式的，墙上挂有与中东铁路有关的老照片，台桌上摆放着咖啡机、钟表等老物件。餐厅老板是一位中俄混血“玛达姆”，身系围裙，体型微胖。她告诉我们，她家的西餐远近闻名，很多外地客人都专程过来，品尝正宗风味的大列巴、红肠、沙拉和苏坡汤。浓郁的异国情调，《山楂树》悠扬的音乐，带人们走进记忆的回廊，去触摸岁月的痕迹。

六国饭店往南500米处，是1909年修建的沙俄森林警察大队旧址。这座砖石结构的矩形建筑，如今成了中东铁路博物馆，向世人展示中东铁路的百年沧桑。

↑ “六国饭店”如今是一家挂着米黄色招牌的俄式西餐厅。

博物馆并不大，但是很有特点。整个展馆里面像是一列长长的火车车厢内部，展厅中央铺陈着不同历史时期的铁轨，两侧陈列着千余件实物、文档和图片，生动再现中东铁路从始建到回归的历史进程，给人以踏着铁轨、穿越时空之感。

沿着中东铁路由东至西，各色以中东铁路为主题的博物馆、陈列馆、展览馆少说也有上百家。这其中有官办的，有民营的，也有爱好者和收藏家自己办的。官办的史料规范，制作规矩，而私人藏家的老物件则很是稀罕。一位好的收藏家的老物件，甚至可以装备一个中型规模的历史博物馆，小到徽章，大到火车头，都有收藏。滨绥线上的马桥河是一个村镇，建起了中东铁路博物馆，尽管名头大了点，但是规范性与官办相比毫不逊色，引得四面八方的人前来观看，成为当地的一个经济增长点。

扎兰屯城市规模不大，但是历史陈列馆、金界壕景区、中东铁路博物馆、乌兰夫纪念馆、乌兰夫旧居、中东铁路俱乐部、六国饭店、老火车站等历史文化遗存众多，扎兰屯火车站是其中的典型代表。扎兰屯车站建于 1902 年，是中东铁路干线上的 8 个三等站之一，老站舍外部用砖块砌成凹凸状，铁皮屋顶，墙面和窗楣花饰丰富，入口处设计有一个高大的木构架竖向尖拱窗，整体建筑以红、白、蓝为主基调，体现了俄罗斯传统砖木结构建筑风格。和扎兰屯站告别的时候，一定不要忘了看一眼出站口右侧的木制水塔，那也是尚存的中东铁路老物件。

## 扎兰原故是村屯

扎兰屯地区历史悠久，人文底蕴深厚。史料记载，远在新石器时期这里就有人类祖先活动的足迹。金长城在境内绵延起伏，成吉思汗的幼弟铁木哥·翰赤斤在此封地，他的部众在此安营扎寨200多年之后，成吉思汗二弟的后裔又迁至此地，直至清初迁徙他处。但是，正如萧伯赞先生所说，这些先民，“都鹰一样从历史上掠过，绝大多数飞得无影无踪。”《革命老区扎兰屯史略》一书中说：“中东铁路的修建，使扎兰屯这个原本名不见经传的地方被深深地刻在历史的坐标上。”

扎兰屯，不是一般的村屯。正如石家庄一样，可能也是世界上最大的“庄”了。“扎兰”是满语，又书“甲喇”，即“参领”，是清代官职名称。清代曾在此地设有甲喇衙门。直到清末，清政府解除对东北封禁政策和实施放荒招垦政策，这里后来渐渐形成了村屯，故有此名。

鄂温克人、鄂伦春人为了便于狩猎生产，逐渐沿嫩江支流雅鲁河向大兴安岭迁徙。雅鲁河中上游山清水秀，林茂草丰，野生动植物资源丰富，是人类繁衍生息的天然宝地。绝大部分狩猎人在雅鲁河畔落村居住。最多时一次迁徙的鄂温克人有近5000人。鄂温克人、鄂伦春人迁居到嫩江流域后，按照分族落村和异姓不混杂的习俗，除少部分定居于平原河谷地带外，绝大部分依山依林而居，即在扎兰屯附近的诺敏河、格尼河、阿伦河、音河、雅鲁河、济沁河、淖尔河等嫩江支流一带游猎生活。

在扎兰屯市郊，有一个鄂伦春族聚居的南木乡，那里有一座鄂伦春民俗博物馆，内有两百余件藏品，以民间艺术、民俗民居、民族服饰、狩猎文化、皮毛文化等历史遗留实物、场景再现等方式，栩栩如生地再现了鄂伦春民族半个多世纪以来，从马背狩猎，到走出大森林，再到下山实现定居生活的由原始社会直接跨入社会主义社会的全过程。更有各色民族风情，让人目不暇接，一个美丽的、遥远的传说成为现实。

站在风情园里，望着湛蓝的天空和飘逸的白云，大有空灵之感。我有些激动，真心羡慕这些游牧的民族，他们是用怎样的聪慧之眼选中了这片依山傍水、温润凉爽的秀美之地的。远远望去，山峦锁在薄雾之中，愈近愈清晰，像极了披着轻纱的少女缓缓走来。就这样不经意间，扎兰屯已经活脱脱地站在你的面前……

# 第四章 城市音符

城市建筑是凝固的音乐，是抒情的诗章。

跨越时空，徜徉在中东铁路沿途，就如同走进了一道长长的欧陆风情建筑艺术走廊，仿佛在倾听一场音乐交响。在中东铁路干线上，巴洛克、新古典主义、折中主义、现实主义和哥特式的老站舍、建筑、民居、官邸等文化印迹众多，被历史学者们称为“万国建筑博物馆”。仅中国铁路哈尔滨局集团有限公司管内被列入国家、省（自治区、直辖市）、市县级重点文物保护单位的“铁字号”建筑就有110余处。这些“铁字号”的建筑大都挂着“不可移动文物”的牌子。这些凝固的音符，成为一个城市的地标性建筑、一张张城市名片。

## “老站”：HARBIN

在哈尔滨，一提到“老站”，老人们都知道是指现在的哈尔滨站。现在的年轻人恐怕会认为，在哈尔滨站的前面加上一个“老”字，是因为其历史久远，有尊崇之意。其实不是这样的，而是另有原因：哈尔滨站是1903年建成运营的，31年后，也就是1934年1月，日伪当局修建了滨江站。滨江站距哈尔滨站仅6公里，且又位于人口稠密的道外区，上下火车的旅客颇多。于是，有的人就把两个车站名字简单化了，称哈尔滨站为“老站”，滨江站为“新站”。久而久之，这么称呼的人多了，约定俗成，“老站”就成了哈尔滨站的昵称了。

既然是“老”，故事自然就多，先讲一个小插曲：2016年，西大直街上建设詹天佑广场，仿制了一个中东铁路时期绿皮车进入哈尔滨的场景。老式站牌上面白底黑字标着“哈尔滨”，下面是汉语拼音“HAERBIN”。结果不到三天时间，就有人打来电话说：“你们把一个字母写错了！”查阅《哈尔滨站志》几代站房史料发现，不仅这个站牌多有说道，而且写法也大有讲究。HARBIN——哈尔滨的官方正式拉丁字母拼写方式来自英文，不用汉语拼音 HAERBIN，多了个“E”就错了。一个字母、一个写法都会引起人们的关注。因为“老站”就是这个城市的符号，已经融入人们的生活。

## “老站”曾是秦家岗

中东铁路干线与南支线（哈尔滨至旅顺）的接轨点就在今天的哈尔滨站内。后来，一户秦姓人家从山东闯关东来到这里，实在走不动了，便在这片高岗上开荒种地。后来，这一带就叫“秦家岗”。中东铁路开始由接轨点向南铺轨，需要设立车站。沙俄擅自将车站称为“松花江站”，虽然没有“公示”，但是知道了消息的秦家岗百姓和在铁路上工作的中国官员都一致反对。种田人举着锄头、铁锹到铁路上抗议：“堂堂大清之地，我秦家戍垦之土，焉能由外倭起名改姓之理！”就这样，车站一时称为“秦家岗”，不久又更名为哈尔滨（满语音译，意为“晾晒渔网”）。从此，这个地方有了自己的尊姓大名。

黑龙江省博物馆里有这样一张泛黄的老照片：正在施工的场地，周围一片荒芜，偶有一两间搭起的茅屋。临时搭起的那座小房子前面是一条土路和高岗上浓密的树林，一个表情严肃、手里捏着烟斗的中年人眼睛里放出光芒。这个人就是俄罗斯民用建筑工程师列夫捷耶夫。俄罗斯大地上的东正教文化氛围，还有那些传世的音乐、绘画对他最初的设计影响很大。面对这样一个当时还是渔村，但新型城镇即将诞生的土地，他酝酿着大胆的设计。

随着中东铁路的建设和城镇发展，一批流亡或公派外国的艺术家们，如俄国民用建筑工程师列夫捷耶夫、维萨恩，浮雕设计师日丹诺夫，德国建筑师尤恩格亨德里等陆续入境。他们从遥远的欧洲来到中国东北，在这片尚待开垦的土地上挥洒着自己的才华，留下他们不朽的绝世之作，构造出一个又一个传奇，也诉说着一个又一个或动人、或凄婉的故事。

哈尔滨站舍顺着铁路线，坐北朝南，列夫捷耶夫是不是懂得一些中国建筑南北通透的道理，我们不得而知。但是，有一点可以肯定，他以哈尔滨站为圆心，用铁道把一座城市划开，辅助一座跨线的“霁虹桥”，连接起东、西傅家店，就是现在的道里、道外，并经过南岗通往香坊。香坊那边还有一个和哈尔滨站同时修建的车站，尽管规模不比哈尔滨站大，但是名气不小。如今，更多的摄影发烧友和中东铁路爱好者更愿意到此采风，因为百余年来，香坊站舍从来没有被改变。

## “老站”影响着城市规划

“新街市城市规划基本设想，首先是确立主要设施的位置，两条主干线（大直街和车站街）构成新市街全局的骨骼……”（《哈尔滨城市规划（1898—1945）》）

当年，沙俄的中东铁路工程局先遣队落脚在香坊的田家烧锅，而工程局机关大批人马是后来乘船抛锚在松花江南岸的小九站。他们用马车运送器材与筑路材料往返于两地之间，从现在的中央大街到秦家岗过马家沟直达老哈尔滨站（今香坊站），来来往往的行人和车辆便踏压出这条泥泞的土路。后来，随着俄国人修建了哈尔滨火车站和圣·尼古拉大教堂，这条街道便繁荣起来。因为哈尔滨火车站就在这条街道上，所以街名开始叫车站街。据说因为沙俄将军霍尔瓦特以中东铁路管理局局长的身份，掌握哈尔滨的最高权力达十多年，在其下台后，继任者沃斯特罗乌莫夫于1921年将车站街（今红军街）、通道大街（今中山路南岗段）、陆军街（现中山路香坊段）改称为霍尔瓦特大街。直到1925年，中国东省特别行政区市政管理局接管了哈尔滨的市政后，开始更改市内以俄国人名命名的街道名称，霍尔瓦特大街被改名为车站街。1932年，日本侵略者占领哈尔滨之后，将车站街改名为三公街。抗战胜利之后，这条街路又恢复了车站街的名字。1949年，为了纪念苏联红军解放中国东北，车站街改名为红军街，并一直沿用至今。

在“老站”对面的“南岗”上，一座庄严肃穆的圣·尼古拉教堂与“阿尔双堡式”式的车站遥遥相望。教堂西侧是巴洛克式的公共建筑——莫斯科商场（今黑龙江省博物馆）。教堂与商场隔街相望，似乎体现了精神信仰与物质需要、虚幻世界与现实生活的结合。教堂东南是中东铁路理事事务所，南面是中东铁路管理局局长沃斯特罗乌莫夫官邸。

“老站”像一个庞大舞台的前台圆弧，广场呈半圆形，周边的道路呈放射状，坐落在中轴线红军街这条百年老街上的“戈比旦”乐园（哈尔滨最早的一家豪华宾馆）、英国驻哈尔滨领事馆、华俄道胜银行哈尔滨分行、意大利领事馆等欧式风格建筑，历经百年依然保存完好。

## “老站”的记忆

“老站”的记忆，最深刻的当属1909年那曾震惊了世界的枪声。著名作家申志远在小说《击毙1909》中有这样的描述：

巨大的蒸汽机车，冒着白烟，驶进了月台，像一匹脱缰的野马，被突然勒在悬崖边，呼呼地喘着粗气。……车站的大钟咚咚咚响了九下，钟声被淹没在嘈杂的欢迎乐曲声中。列车停在了站台上，俄财政大臣戈果甫佐夫登上专列，去迎接伊藤公爵。……伊藤公爵倒

⊙ 从 1903 年春，将原秦家岗站砖石结构的站舍进行拆除改建，到 2018 年，哈尔滨站房进行了 5 次根本性改造。

在了血泊中。这一切，几乎是在一瞬间发生的，伊藤爵士扑倒在地，中村等人上前搀扶。戴鸭舌帽的绅士冲出仪仗队，朝伊藤的随从们连续开枪，中村等也都纷纷中弹倒地，场面大乱。一分钟之内，回过神儿来的沙俄军警立刻扑向刺客，扭住了西服绅士。刺客甩掉了手枪，仰天大笑，用俄语高呼："高利雅，乌拉！高利雅，乌拉！高利雅，乌拉！"

这里讲的就是发生在哈尔滨站站台上朝鲜义士安重根刺杀日本内阁大臣、发动了"中日甲午战争"的伊藤博文的事件。"安重根义士纪念馆"如今就在新落成的哈尔滨站的一侧。

枪声已经久远，老站依然矗立，它成为一个城市的记忆。从1903年春，将原秦家岗站砖石结构的站舍进行拆除改建，到2018年，哈尔滨站房进行了5次根本性改造。最具戏剧性的是1960年哈尔滨站第二次扩建改造。据老哈尔滨人、哈尔滨局集团公司文联原秘书长孙世平先生介绍："用了将近一个月时间，部队用炸药、坦克车连炸带撞，才把那个'阿尔双堡'站舍拆除。那场面真是壮观。那些日子，每天都有众多特意从道里、道外、香坊过来看热闹的老百姓，用人山人海来形容一点儿都不为过。"2016年，哈尔滨站进行革命性改造，上电气化线，建设北出口，拆除了中东铁路时期的老行李房，那些巨大的基石依旧，厚重的门板在岁月的冲刷下，一层又一层的油漆留下道道痕迹。如今，部分老物件陈列在现哈尔滨局集团公司一面坡红色教育基地中东铁路文化园区。

新站舍由天津大学专家设计，模仿北京站的模样。然而，1961年经济困难时，两翼配楼建成后，主楼停建。这一停就是28年，被外地人戏称："哈尔滨一大怪，候车室两边盖。"1972年5月，柬埔寨西哈努克亲王和夫人准备乘火车离开哈尔滨。这样的车站显然不好看。市政和铁路部门昼夜施工，在车站主楼空缺处建起一道"艺术栅栏"，算是遮了一把羞。这也是"老站"的一个典故了。

# “老江桥”成了网红打卡地

## 与建桥有关的一点儿事

哈尔滨道外，夜色下的老街区退去了一天的喧闹。巴洛克画廊咖啡的阁楼上，一台老式放映机在沙沙响着，我和吴琼先生透过那些黑白的胶片回味着“老江桥”的过往。

吴琼是土生土长的老道外人，家距老江桥不过几百米。他从上中学的时候就开始摆弄照相机，直到今天，记录老道外的初心没改，坚持用黑白胶片拍照的习惯没改，积累了成千上万张老照片。他把更多的焦点对准了老江桥。

“在哈尔滨，和‘老站’一样，能冠以老字号的就是‘老江桥’了。”吴琼的脸上有些许自豪。

老江桥飞跨松花江，是连接黑龙江西部和内蒙古东部地区的中东铁路西部干线的咽喉。它既是中东铁路跨越松花江的第一座大桥，

⊙ 老江桥飞跨松花江，是连接黑龙江西部和内蒙古东部地区的中东铁路西部干线的咽

也是中国第一座长度超千米的铁路大桥。火车从哈尔滨站驶出，几分钟时间就上了老江桥，之后一路向西，直抵满洲里口岸。

当年，哈尔滨还没有能力制造钢梁这样的大物件，重大物件都在乌克兰制造，再从乌克兰敖德萨港装船起航，远涉重洋抵达海参崴，经乌苏里铁路到伊曼港换轮船，经伯力，顺乌苏里江而下，溯黑龙江、松花江运到建桥工地。

建桥的事很复杂，什么曲弦钢桁梁、华伦式钢桁梁，很难说得明白。吴琼先生看着一张老照片，给我讲起建造大桥桥墩的一些事。

沉箱、沉井是桥墩的基础。桥址地质环境恶劣，河床下 3 至 7 米为淤泥黄土，往下是砾砂或细砂，再往下不到 2 米，就是粗砂了。1 ~ 9 号桥墩为大桥墩，基础必须采用气压木沉箱施工。每个沉箱体积都很大，所用木料为上等红松，榫卯组合。大桥主桥墩于冬季开工，运输工具是马车和爬犁，利用封江之际在墩位上建造木沉箱，然后开挖下沉到河床下，落在细砂层或砾砂层。小桥墩则位于北岸的浅滩上，春季枯水期开工，就地制造木沉井到河床。18 个沉箱、沉井施工仅用了 6 个月完成。大桥 1900 年 5 月 17 号开工，1901 年 8 月竣工，10 月 2 日正式通车，工期仅 15 个月。这在当时无疑是世界建桥史上的一个奇迹。

通车后，火车过桥的速度很慢，每小时不到 25 公里。1914 年，大桥南侧 8 孔 76.8 米下承曲弦钢桁梁出现裂纹，且逐年扩大，列车限速降为每小时 15 公里。1930 年中苏共管期间，经苏联桥梁专家鉴定，系钢梁材质含磷过高及现场组装工艺不良所致。到 1962 年，裂纹已多达 1500 多条。另外，上承钢桁梁上下盖板锈蚀严重，危及行车安全，铁道部决定对桥体进行大修，用了一年多的时间，大修竣工。

同时，按哈尔滨市政府要求，在桥两侧增设了1.2米宽的人行通道，解决大桥南北通行困难问题，后来，又换成铁质防滑步道板。在此10年后，又对桥体进行了一次大的加固维修。自此，大桥钢梁全部脱胎换骨，更加坚固，昼夜通过的列车数量、列车牵引吨数大增，运行速度也有提高。

一位老铁路是个江桥迷，他所在工务段工区的一项工作就是养护老江桥，几十年风雪无阻。他深情地说："我一上班就守着它，老江桥退役了，我也退休了。老江桥除了几个桥墩和两头的碉堡是当年留下的，其他已经没有一丁点儿老部件了。"老江桥越来越年轻了。

还值得一提的是，桥上轨距随铁路路权的交替发生戏剧性改变。第一次是1935年3月日伪收买中东铁路后，于1936年8月1日将宽轨改成准轨；第二次是1945年8月，百万苏联红军进入中国东北，日本投降，因军事运输需要，将准轨改为宽轨；第三次是1946年4月，苏联红军撤退回国，东北民主联军接管滨洲线，又将宽轨改为准轨。

老江桥的老部件一丁点儿都没了，但是桥头堡还是原来的。2020年的夏天，几个中东铁路迷钻进了老江桥南头西侧的桥头堡，进行一次"直播"，让人大开眼界。从外面看，桥头堡并不大，可是里面足有四层楼高；从外面看，一个一个的窗户狭窄细高看似不大，可是从里面看却很宽敞。它们不是一般的窗户，除了几个小小的通风口外，大都是瞭望哨或机枪眼。窗户的下面，有用钢轨焊接、供机枪扫射时转动的轨道，运行自如。从里向外看，目之所及，尽收眼底。从北面的窗口向松花江望去，宽阔的江面和江北的景色一览无余。其建筑之精巧、防守之严谨、工事之坚固，令人叹为观止。据说，这里要建成国防教育博物馆。如果真的有一天这成为现实，人们才能真正感受到老江桥的“老”之所在。

## 铁路打卡第一人

“打卡”，是这几年才出现的新词。其实，早在近 50 年前，就有人在桥头打卡了。

这个人，就是时任哈尔滨工务段工程师马骏。现在高悬在老江桥南桥头上熠熠生辉的“松花江”三个金色大字就是出自他的手笔。

据说，围绕题写桥名，诸多名人高手都纷纷挥毫，可是文物主管部门总是觉得缺少点什么。于是有人提议：老江桥是铁路资产，铁路部门负责管理维护，应该由铁路人来写更有意义。这个提议一经发布，得到市民一致拥护。负责维护老江桥的哈尔滨工务段正好有一位书法高手名叫马骏，这任务就落在了马骏的身上。马骏后来回忆说：“段里领导三番五次找我。我知道自己的斤两，开始说啥也不敢答应。只是说，试试吧！”

1971 年的夏天，马骏把自己关在桥梁工区闷热的车库里练习，光着膀子，还是一身大汗。他写了一遍又一遍，总是觉得不满意。

“如果写不好，太给铁路丢人了。”他越想压力越大，写不下去了。一天清晨，他又来到老江桥上，从东走到西。江风吹来，脚下江水滔滔，货轮往来穿梭，一列绿皮客车呼啸而来，拉响了汽笛，似乎在向他致敬。自己和老江桥朝夕相处的日子，就像客车的窗口一幕幕出现在眼前。“江桥，不就是我的老伙计吗？！”马骏顿觉精神振奋，信心大增，几乎是一路小跑，回到在“老站”边上的工务段，一头钻进了车库，铺开报纸，俯下身来。“大白云”笔下的“松花江”三个字跃然纸上，力透纸背。他连续写了三个样稿，送市里有关部门审批。两个月后，审批通过，制作部门开始施工，每个大字 1 米多高，在厚厚的钢板上进行裁剪、打磨，再镀上金色。当“松花江”三个厚重的大字昂首挺立在桥头的时候，马骏热泪盈眶，亲吻了钢梁，工友们一阵欢呼。

## “别得去江桥别不去爱”

“别得去江桥别不去爱。老江桥更多承载了人们的爱恨情仇。”吴琼说得很严肃，我却有些茫然。

江水滔滔，思绪滚滚。

“自古过江一座桥”，这是哈尔滨人对老江桥的首肯。江桥通火车，也走行人，是江南江北居民来往主城区的重要通道。铁路部门在人行道和火车铁轨之间用铁丝网和坚固的钢桁梁间隔开来。窄窄的人行桥面以前是一块一块木板铺成的，现在换成了坚固的铁板。走在上面，从桥板的空隙可以看见下面的滔滔江水，间或身旁有火车巨龙一样呼啸而过带起咧咧的风，整个桥都随着列车的节奏轻轻震动。胆小的女孩子就紧紧抓着桥栏杆尖叫着，抖得像要被风吹跑的树叶。但是很多住在江南江北的人早已习惯了，他们在桥上一走就是几十年，从少年走到白头。在他们看来，桥上不时经过的火车就像老友一样在和他们打招呼。

桥上通道铁架上写满了各种爱的海誓山盟，除了随处可见的直白表达“我爱你”，更有文艺的海誓山盟：“只要你不离不弃，我便生死相依”“大桥见证我的心”“江水长，没有我们的爱情长”，看得人心里暖暖的。有多少爱侣在这里挂上同心锁，从冰封的白雪皑皑走向烂漫的春江花潮；又有多少人在这桥上眺望斜阳感叹流年似水，世间的哀伤或欣喜都如桥下默然奔涌的江水，逝者如斯，不舍昼夜。

这座历经百年的老铁路桥，有着与这座浪漫优雅的城市十分相称的美，凛冽、坚毅、沧桑，带着蒸汽时代工业文明的独特个性。早年间，每一个来到哈尔滨的人在江边拍照留念时，几乎都会有一张与它的合影。众多的影视剧也热衷于在桥上取景，从早期电影《徐秋影案件》到《夜幕下的哈尔滨》，从柏林电影节大出风头的《白日焰火》，再到近年的《零下四十度》《悬崖》等，导演们都极为钟爱列车在演员身边呼啸而过的场景，这使戏剧充满了张力。

诗人王升辉，哈尔滨人，他笔下的“老江桥”又是另一番景象：

……

在眼前摆渡无法言说的美
那就在这永恒的瞬间
慢慢剥去时光的花瓣
直到露出我们清香的年华
夏天在轻雾中飘浮
江水流淌着自由的蓝
波涛跳跃着湿润的话题
时间缓缓游荡
……
其实这是一个无人知晓的时刻
能在语言留下的空白处
聆听心空飞翔的颤音
温暖那些无家可归的诗意

眼前是水中无边的天空
身后是茫茫的蔚蓝
明媚的阳光洒落在唇边
任和煦的话语暖暖穿行
注定与一簇浪花掀开的画面
在睫毛下难解难分

诗人所表达的意象，与老江桥的浪漫时光有关。

咖啡馆中电影机的转动声停了，我们继续在大屏幕上翻动着那些老江桥滚烫的照片。2014 年 4 月的一天，吴琼先生拍摄到了最后一辆列车通过铁路大桥的照片。“望着列车远去，带走了我的留恋，好像失去了很多，眼泪一下涌了出来。”吴琼先生心潮起伏，难掩激动。

是的，江桥老了，该退役了。它已经完成了使命，而后，大桥封锁，铁轨陆续拆除。所有的“海誓山盟”被厚厚的灰色油漆涂抹覆盖。桥中间留下一段空白，成为玻璃栈道，通过这个“天窗”可看到脚下的滔滔江水，想念当年的惊险与好奇。

历史的车轮滚滚向前，从不为谁停留，有诞生，有消亡，有涅槃。有谁留恋怅惘，就只有靠心底的记忆和情感来取暖。2016 年 8 月 17 日，哈尔滨至齐齐哈尔的高铁线上，一座造型新颖的松花江大桥建成通车。老江桥华丽转身成为观光桥，年轻的跨江大桥和它相随相伴，只是已过百年……

↑ 2016 年 8 月 17 日，哈尔滨至齐齐哈尔的高铁线上，一座造型新颖的松花江大桥建成通车。

# “大石头房子”的石

## “大石头房子”最初不是石头的

中东铁路管理局办公大楼还有一个俗名，叫做“大石头房子”，是伴随中东铁路修建而生。房子最初不是石头的，起码不都是石头的。这栋建筑 1902 年开工兴建 ,1904 年 2 月竣工 , 建筑面积 233 万平方米。建筑师邓尼索夫是中东铁路技师，其设计方案是在圣彼得堡举行的设计竞赛中获奖的方案。

1905 年末至 1906 年初，这座建筑被当作是沙俄侵略的象征，被愤怒的工人用大火连烧 5 次，烧毁面积达四分之三。原本白色的大楼，被大火烧得焦糊漆黑。

时任中东铁路局局长霍尔瓦特大为恼火，指示军警采取逮捕、驱逐等手段，镇压制裁工人，甚至不惜制造流血事件。他决心要在中国的土地上建造一座极致的“城堡”。几份设计图纸摆在霍尔瓦特的案头，他一直皱着眉头挑剔设计得不够大气，没有气魄。与清政府打交道让霍尔瓦特一直很头疼，想建一处类似法国卢浮宫那样的宏伟建筑，妄图从气势上压一压清政府官员的傲慢。于是，他决定公开征集设计方案，并在报纸上发布了征集办公大楼设计方案的启事。在接连几个月收到的几十份设计方案中，他一眼就看中了这份新艺术运动建筑风格的设计草图。整栋大楼主体建筑左右对称，建筑平面呈俄文“铁路”一词中的一个字母“Ж”。建筑布局严谨，对称突出楼体的雄壮宏伟，墙面用灰绿色的大理石装饰，宁静肃穆，威武庄严。1906年建筑重建，把原来砖木结构改为钢筋混凝土，外墙贴上了青石板。从此，也就有了“大石头房子”的小名。作为各个历史时期的铁路管理机关，它是当时哈尔滨最高大的建筑，是哈尔滨“新艺术”建筑的典范。

建筑师邓尼索夫对“大石头房子”的总平面布局可谓独具匠心。从道路中线处望去，建筑的整体轮廓清晰且完整。建筑的退后布局，在建筑与街道之间形成了一个小广场。广场上花木繁盛，苍松翠柏遍布其中，浓浓的绿意与建筑本身的暗绿色调十分适宜，典雅素洁。从左右侧面进入两个拱形的门廊后，眼前顿时开阔起来。原来，这里还有两个方方正正的花园，镶嵌在楼群之间，绿树浓密，鲜花盛开，几条石板小径各自通往标注的几号门。作为大型行政办公建筑，它需要营造一种庄严的气氛，一种高高在上的威慑，因而建筑的这种退后处理，在某种程度上加大了人与建筑之间的距离，再加上深沉而独特的色调，建筑的威严感油然而生。

“大石头房子”和圣·尼古拉教堂（俗称“喇嘛台”，通体木质建筑）、圣·索菲亚教堂（通体磨砖砌筑）一道被誉为哈尔滨的“三大垛”，即石头垛、木头垛、砖垛，蜚声中外。

一个超凡脱俗的设计师不会仅仅用线条画出建筑的形状，而需要从当地的文化风俗、地理环境与民情中去思考，从而出神入化地描绘出有灵性的建筑。之所以要采用青石，是由于它的抗压强度高，并且不易风化，用它来盖房子非常耐久。此外，采用石头修建的房子，最大的优点就是冬暖夏凉。

⑦ 中东铁路管理局办公楼 1902 年开工兴建，1904 年 2 月竣工，是伴随中东铁路修建而生。

## “大石头房子”的石料成为绝版

“大石头房子”之美，在于它呈不规则几何形状却非常平整的大石头表面，黄褐与橄榄绿相间的石头本色花纹，流畅的直线墙檐棱角好似石头与石头铆在一起，严整得如格律诗般合辙押韵。据说当年施工时，工人们先在地上铺沙子，接着将石块的一面打平，放在沙子上排列好，编上号码，然后再按顺序将石块贴到墙上，平整严实后再灌上灰浆，以保证整个墙体严丝合缝。20世纪90年代初期，“大石头房子”出现风化迹象，由于找不到原先建楼时所用石料的产地，大楼的主管单位哈尔滨铁路局寻求修复办法。他们派人到北京、天津、上海的一些院校和科研单位，寻找与“大石头房子”石料相似的石材，但都无功而返。有人说“大石头房子”这种石料产于哈尔滨附近的宾县，他们派人去宾县寻找，仍没找到。还有人说建“大石头房子”所用石料取自位于松花江下游的老头山山顶。然而，这座山上的石头早已被采光，“大石头房子”的石料也成为绝版。

其实，在中东铁路沿线，石头房子并不少见。海拉尔站刻有“海浪”字样的老站舍，通体都是精心雕琢的石块；博克图、昂昂溪、海林等老站舍、兵营、官邸等也都有石头房子。但是，这些石头房子大都是就地取材。在中东铁路管理局这栋石头房子前面加个“大”字，可见其“老大”的地位。

跨入新千年，主管单位对“大石头房子”进行了全面修缮。大

⇧ 触摸着“大石头房子”，人们能感受到它的气息、神韵和博大。

厅门是重新制作的科拉斯门，与原作几乎一模一样，其他地方也都本着修旧如旧的原则进行了修缮。楼身有几处需要与原先所用石料相同的石材，这可难坏了施工方，可真是“踏破铁蹄无觅处”，实在没办法，只做了局部水泥修补或青石贴面。如果细看，还是能看出破绽的。

触摸着“大石头房子”，人们能感受到它的气息、神韵和博大。至于冬暖夏凉的感觉，在一楼办公的女员工们体会更深。每年春季，外面的女子已经穿起了“布拉吉”，而坐在靠北面办公室里的女性，腿上还要盖着棉衣，多热的阳光也不易晒透。一位曾在这里工作过的女子在回忆文章中写道:“炎热的夏季,用掌心倾听大石头的故事，石头墙壁把它的凉爽传递给我，促我心静；秋天的哈尔滨已经很凉了，但进入这大石头房子，还是感觉很温暖，经过了一夏天的暴晒，石头已经储存了足够的热量，所以即使外面很凉，它依然能够保暖，冬暖夏凉。”

# 说说这片“黄房子”

## 房子因颜色而得名

如果说“大石头房子”是建筑中的“大哥大”，那么，“大石头房子”周边和散落在中东铁路沿线的那些“黄房子”就是袖珍小品了。但是，它的建筑之美与“庞然大物”相比毫不逊色，反而，正是这些小巧玲珑的童话般的建筑映衬了那些气宇轩昂的身姿。

“黄房子”，因其外墙均被涂成黄色，故而得名。黄色属于暖色，中东铁路沿线气候寒冷，在漫长而寒冷的冬季，黄色会使人备感温馨。“黄房子”属于俄罗斯田园风格建筑，有砖木结构的，也有木刻楞板夹泥结构的，大都在车站附近，多为铁路员工的住宅。哈尔滨、满洲里、昂昂溪、一面坡等较大车站的“黄房子”，临近街区，布局整齐划一；伊列克得、哈拉苏、治山、蔡家沟等站的“黄房子”，坐落在车站中部或两端，依山傍水，错落有致。至今，这些“黄房子”依然保存完好。列车行驶在江南水乡，可观青山绿水；列车行驶在北国，扑入人眼帘的是一幢幢百年“黄房子”。

## “大石头房子”下的“黄房子”

“黄房子”有着鲜明的城市建筑标准，构成了比较典型的周边布局，户型分类大小不一。砖木结构的“黄房子”，外墙为俄制二砖半厚，约 70 厘米；木刻楞板结构的“黄房子”，原木叠加，墙体中填充草和毛毡。室内地板和棚顶均为上等红松板，天棚填锯末，双层门窗，门窗下填充毛毡，吸潮气，挡风寒。其结构保温性极好，冬暖夏凉。室内举架高，空气流通；门窗口宽外窄，采光好。窗台宽，儿童可在窗台上睡觉。冬季室内烧“别列搭”（俄语：壁炉）取暖，房间里“别列搭”多，房顶烟囱就多，而且造型各异。尖尖的房顶，不仅具有异域建筑特色，且夏天雨水排水流畅，春天残冰融雪极易滑落，保持房顶不存水。

“黄房子”大多有木结构门斗和凉亭，内铺红松地板。门斗多为尖顶，双扇门，两侧有窗口。凉亭面积大小不一，上半部是方格玻璃窗，有的还镶嵌着红、绿、蓝等彩色玻璃；下半部为雕花木墙，形状典雅精致。高档“黄房子”还有“暖亭”、双层玻璃窗，棚顶有保温层，光线十分充足。“暖亭”室内宽敞，举架高，棚顶有吊灯，是举办家庭舞会的好地方。“暖亭”外部雕花考究，涂灰白、奶黄或深绿色油漆，四季有绿树、黄叶和白雪映衬，构成建筑与自然环境的完美结合。

一场大雪覆盖了哈尔滨，几经寻找，我从封闭围挡的一个夹空中钻进了与“大石头房子”一路之隔的那片“黄房子”里。这里已经被宣布为“文物保护街区”，人走房空，多少年无声无息。如今，这些已没有主人的“黄房子”，孤零零地在雪中沉默；那些烟囱也在沉默，静静地望着天空。门和窗都紧闭着，相当漫长的等待中不会有人进入或把它们再次亲热地推开。

## “黄房子”里外有故事

一棵大榆树，很是苍老，几只麻雀在上面叽叽喳喳地叫着。不知道何时、从何处进来一位老者，羽绒大衣里裹着一台照相机，不时拿出来拍照。见我这份好奇，他便当起了“志愿者”，给我讲述这里的往事。

那时候，在我们哈尔滨，外国人多得是，特别是苏联人尤其多。这一片呢，紧靠着铁路局，苏联人就更多了。中国人和苏联人不仅做邻居，而且还做同事呢。尽管语言不同，但是处得很融洽。

那时候，我家住在道里区“地包”那一带。“地包”是俄语，就是汉语的机务段。我有个好工友是个苏联人，叫阿列克耶夫。他家就住在这片黄房子里。

他家的黄房子独门独院，房子周围用木栅栏围成一个很大的院子。丁香树一排排被修剪得整整齐齐，几棵榆树硕大的树冠遮住了火辣辣的阳光，树荫下有白色的长椅、白色的圆桌，把整个小院装扮得清清爽爽，十分惬意。

阿列克耶夫和夫人阿列克耶娃非常热情好客，经常邀请我们几个要好的工友到他们家的小院里玩儿。白色的圆桌上摆满了葡萄、苹果、香蕉之类的水果和阿列克耶夫的母亲自制的果汁、果酒。我们几个绊绊磕磕也会几句俄语，唠嗑几乎没有什么障碍，双方都是半汉语半俄语加手式和表情。

没有语法的约束，也没有什么标点符号的限制，左邻右舍友好地相处，很多人还结了姻缘。我的一个苏联同事霍德洛夫，是个开火车的。小伙子很开朗，特别喜欢帮助人。他家的邻居是中国人，闯关东从山东老家来的。一来二去，小伙子就和邻居家的姑娘好上了。结婚生子，日子过得很和美。后来，一家人都回到了苏联。好像是在 1991 年初吧，他们的大儿子还回来过一趟，特意到这片黄房子看看。

老者越说越激动，好像在说自家的事一样，那么坦然欣慰。

我沉浸在老人的讲述中，街上的一声吆喝打断了我的思绪。我和老者走在这杂乱的废墟里，任脚下积雪嘎吱作响。他又给我讲了一个中国人学俄语的故事，有些意思。

⊙ “黄房子”属于俄罗斯田园风格建筑，有砖木结构的，也有木刻楞板夹泥结构的，大都在车站附近，多为铁路员工的住宅。

在当时，现学现卖的“俄语”比比皆是。有一次，一个老汉在“黄房子”附近卖螃蟹。螃蟹很大很新鲜，买的人也很多。老汉突然看见一对苏联夫妇向他这边走来，于是就大声喊：卖螃蟹啦，新鲜的大螃蟹！

然而，那对苏联夫妇并不以为然。老汉急中生智，他想到了螃蟹是横着走路，还想起了俄语中管走叫“巴交姆”。于是他就高喊：横利巴交姆，横利巴交姆！

苏联夫妇听懂了“走”的意思，但“横利”是什么意思却没有弄懂，因为俄语里没这个词儿。

于是苏联夫妇好奇地快步走过来问道：“巴交姆！什夺，哥娃利节？”（走！什么走？）老汉指了指筐里的螃蟹说：“艾德。”（这个）

苏联夫妇一看，突然哈哈大笑不已，好半天才停下来，笑着指着筐里的螃蟹说：“艾德，杜拉克！”（这是螃蟹）。老头一听明白了，大声说：“哈拉少，奥钦哈拉少，杜拉克！”（好，好极了，螃蟹！）

于是，老汉大声开始叫卖“杜拉克”，吸引来了很多苏联人，螃蟹也很快卖完了。

我们孩童般忘情地喊起了“哈拉少，杜拉克！”“哈拉少，杜拉克！”喊声与笑声惊飞了树上的小鸟，惊落了纷飞的雪花。太阳已经开始西沉，给这片寂静的地方涂上了一层橘红色的温暖。突然，我仿佛在阳光下看见了这里曾经的熙熙攘攘……

# 贵宾楼：历史在这里“旋转”

## 谁动了我的“眼珠”

2014年9月的一天早上，天空下着小雨。冰城哈尔滨发生了一件事，一时间引起了人们的强烈反响：上班路过“老站”站前的哈尔滨人发现贵宾楼前脸的那个雨搭一夜之间没了。

要说自己家拆个雨搭、安个门，也不是什么大事。可是，对文物情有独钟的哈尔滨人来说，老建筑就是动一块砖头也会有人关注。特别是这个雨搭，被看成是摆在“龙江窗口”的一件精品，是哈尔滨人的“眼珠子”。

“贵宾楼”就是前面提到的毗邻“老站”的中东铁路旅馆。百年来，有过“戈比旦（俄语：军官）乐园”“大和旅馆”之称，现在叫龙门大厦贵宾楼。它和“老站”一样，百余年来装点着城市的“门面”，闪烁着城市之光。

动了市民的“眼珠子”，这还了得？！

“拆了？谁这么胆大，把雨搭拆了？”

“不是拆除。可能拿去维修了吧？”

“就是重修，还能修出原样吗？”

人们沸沸扬扬地议论着、猜测着。有的在公交车上就给报社打新闻热线，有的在贵宾楼门前就地打“市长热线”。媒体抓住热点，及时跟进，某报社独家首发了《龙门大厦贵宾楼雨搭咋没了》的报道，在读者中引发轩然大波。很多市民打来电话询问雨搭如今“身在何处”？被拆雨搭是否还会被修复？更有热心市民闻风而动，来到贵宾楼非要看看雨搭哪去了。

无论是冰城市民，还是外地游客，每每走过龙门大厦贵宾楼前，总会被这座历尽沧桑、拥有百年历史的老建筑所吸引，而楼前那五彩缤纷的玻璃雨搭更是曾引无数游客拍照留念。

门前雨搭，是哈尔滨“新艺术”建筑小品的最后一个代表作。它是以铁艺构件和彩色玻璃组成，集中表现了新艺术建筑钢铁构件的风格特征，在哈尔滨新艺术建筑中是独一无二的。它作为哈尔滨新艺术建筑代表作，具有极高的文史价值和艺术价值。

“雨搭到底何时能恢复？”独家报道后，市民热线不断。不到10天，记者再次来到龙门大厦贵宾楼，看到雨搭复原工作已经开始。据了解，约半个月后，雨搭将重新与贵宾楼合体。

贵宾楼门前，工作人员正在原雨搭的位置上施工。水泥砖墙上

⊕ 哈尔滨龙门大厦贵宾楼门前雨搭，是哈尔滨“新艺术”建筑小品的最后一个代表作。

已被刨出用于固定雨搭的洞，工人正在进行焊接工作。雨搭主体还放在贵宾楼旁的一个院内。经过粉刷的雨搭焕然一新，整体的金属构架上新刷了墨绿色的油漆，玻璃还没有镶上，但每个卡槽内都黏贴了胶垫。外观样式上与原先的雨搭一致。

其实，修缮雨搭并不是第一次了，却从未有像现在这样受到关注。这次修缮雨搭完全是按照原先的模样进行的，没有一点改动，在保留原样式的前提下进行修缮和翻新，换掉原先烂掉的金属构件，换上与原来一样材质的构件。但在青岛定制的雨搭上的玻璃还没有运到，先安装框架，等玻璃运到再进行安装。

又过了几天，媒体继续回应市民的担心与疑惑："目前雨搭的其他修复工作已经结束，就差上面的五彩琉璃玻璃。经过专家指定，雨搭上的五彩琉璃玻璃属于特殊材料，如果要完全复原，就需要去青岛的一家琉璃厂定制，这家琉璃厂是全国唯一一家能做出这种琉璃玻璃的厂家。制作好的琉璃玻璃预计 10 天左右能抵达哈尔滨，安装需要 2 天左右的时间。"哈尔滨市文化市场行政执法局的回复，让市民吃了"定心丸"。

新雨搭安装的那一天，贵宾楼门前像过年一样热闹。看到雨搭完好如初且熠熠生辉，市民们释然了。

## 那扇旋转了百年的铜制门

进贵宾楼，一定要走一下中间那扇转门。这个看上去并没有什么特殊的铜质转门，已经在这里旋转了整整一个多世纪。上至达官显贵，下到平民百姓，都曾触摸过它的命运，转出了一个又一个故事。

1990年林青霞、秦汉主演的电影《滚滚红尘》，其部分外景就取自这里，进进出出，很多镜头就是这扇旋转的门。拍摄转场的时候，林青霞脱去戏装，还原于素面平民，特意在这扇门前拍照留念，并说“我还会回来的”。30多年过去了，不知道她在海峡那边，是否还能想起哈尔滨龙门大厦贵宾楼这扇铜制的旋转门。

这扇门，转啊转，转走了光阴，也见证了历史。这里曾是哈尔滨首家豪华宾馆，第一个下榻的是俄国陆军大臣库罗巴特金；随着日俄战争打响，刚建成不久的宾馆成为俄军野战医院；不到3年光景，中东铁路公司将旅馆转让给了外阿穆尔军区，旅馆变成了俄军官俱乐部，哈尔滨老百姓称其为“戈比旦”乐园。随着中东铁路的兴建，哈尔滨逐渐成为通向远东地区的重要门户，成为中国重要的国际化大都市。自1900年以来，陆续有近40个国家的20多万外国人侨居，使哈尔滨成为中国少有的多民族、多宗教、多语言、多种文化共存的城市，先后有20多个国家在哈尔滨设立了领事馆、总领馆。少帅张学良任巡阅使卫队混成旅司令时，到哈尔滨分段驻防，曾来此小住；苏联军事顾问团专家住过这里；不久这里又成为

↑ 这个看上去并没有什么特殊的铜质转门，已经在这里旋转了整整一个多世纪。

哈尔滨军工学院的招待所。进入 20 世纪 70 年代，这里成了铁路职工的招待所。

这扇门，转啊转，转出了乾坤，也转出了春秋。辽沈战役正酣之际，吕正操在这里发出了“3005”次秘密军火列车开赴前线的指令；新中国成立初期，一大批军事工程在这里酝酿实施。钱学森来哈尔滨“军队大学”（即哈尔滨军事工程学院）考察，陈赓大将专门乘飞机从北京来到哈尔滨，并在这里宴请了钱学森。钱学森一行人走到门口的时候，陈赓大将上前紧紧握住钱学森的手说：“钱先生，欢迎您，我是陈庚。”随后，陈赓带着钱学森参观校园，来到火箭教授实验室，陈赓问钱学森：“先生，中国人能造出导弹吗？”钱学森毫不犹豫地回答：“当然能，外国人可以造出来的，我们中国人照样可以！”

这扇门，转啊转，转进这扇门，如进入一座艺术的宫殿。从工艺造型到具体细节，每一处、每一件老物件都吸引着人们的目光：典雅古朴的走廊，火苗似在升腾的壁炉，第聂伯包房内古朴的木制冰箱，都彰显着昔日的豪华与奢侈。难怪著名电影表演艺术家孙道临先生到此后感言：“为什么要花那么大的价钱去国外拍摄呢？我看这里就有很浓的外国特色和风格，能拍出很多经典的电影。”

多说几句这个木制的冰箱吧。因为它是目前国内仅存的一个仍在使用的木制冰箱，素有“活文物”之称。这个木质冰箱最早用冰和盐来制冷，大和旅馆时期与地下室冷库连接制冷。箱体用胡桃木镶嵌而成，正面设有大小不一的几个门，门把手十分精巧，门内金属板是镀铜的。据说，几十年前在一次室内修缮中，工人误认为它是一个壁橱，就把它钉在了墙里。后来，贵宾楼一名职工从一本旧杂志上发现，它是 20 世纪 20 年代的木制冰箱，属于珍贵的文物，木质冰箱这才得见天日。

从中东铁路宾馆，到龙门大厦贵宾楼，历史从来没有停下前行的脚步。昔日达官显贵的乐园，今天是平民百姓的温馨驿站。化陈腐为新生，旧貌换了新颜。

# 桥头堡之约

## 并非是美丽的传说

故事发生在百余年前，与现在的满洲里火车站有关。

满洲里原名为霍勒津布拉格，蒙古语是“旺盛之泉”的意思。俄国人将火车站取名后，发音为“满洲里亚”，去掉发音很轻的尾音“亚”成了“满洲里”，从此满洲里取代了霍勒津布拉格的名称。中东铁路建设初期，满洲里站还没有固定的候车室，搭建起一个木刻楞作为临时候车场所。

故事就发生在这个候车室门前的铁道线上。一个中国的牧羊姑娘住在火车站附近，每天都要把羊群赶过铁道线，到对面的水泡子里喝水。一天，她正赶着羊群过铁道，突然一列火车飞速开过来，刺耳的汽笛声吓得羊群四散奔逃，没有来得及逃开的羊被碾在车轮下面，牧羊女惊呼一声，便昏了过去。

列车终于停住了，一个俄罗斯小伙子从车上跳下来，抱起昏迷的姑娘，将她放到了安全地带，并立即抢救。等姑娘苏醒过来，小伙子和他的工友已经将逃散的羊群聚拢到姑娘身边，他们用叽里咕噜的俄语边说边比划，一脸的歉意。他把姑娘交给赶来救助的车站人员，留下来一打卢布作为补偿，然后离去。由于语言不通，姑娘只好望着小伙子远去的背影不停地招手，直到火车远远地离去。此后，火车经过这里都会降低速度，不再鸣笛，司机们则会趴在驾驶室的窗口或站在车门边认真瞭望，看到牧羊女就向她挥手致意。牧羊女也会微笑回应。一次区间停车，俄罗斯小伙子拿着面包和奶油过来看望牧羊女，并送给她一枚勋章。从此，牧羊女每天都会戴着勋章去放牧，盼望有一天能和救她的俄罗斯小伙子再次重逢。

日俄战争爆发，火车道被封锁，火车站之约终成遗憾。俄罗斯小伙儿再也没有出现，周边的牧民陆续搬走，但牧羊女依然守候在铁道旁，在勋章的陪伴下，直到晚年。

在距满洲里站千里之外、中东铁路东端的绥芬河站，也发生过一个故事。只是比牧羊女的故事晚了 30 多年。

距绥芬河站不远的地方，有个“三号隧道”。隧道长约百米，其出口距国境线也就 500 米左右。这是全国唯一的骑马式双道铁轨。皑皑白雪中，一宽一窄套排的两组铁轨由此进入幽深的洞口，宽窄不同的铁轨正是中俄两国不同轨距的两条铁路，进出绥芬河的火车必经此地。

⑦ 1905 年刚刚投入使用的满洲里站。满洲里站的建成虽然比绥芬河站晚了两年，但是建设速度很快、规模也更大。

1936年的一个黄昏，中国火车司机张海告别洞口那边心爱的苏联姑娘，并答应尽快接她来绥芬河作新娘。张海头一天刚刚驾车回到绥芬河，第二天晚上隧道就被侵华日军封堵，不仅断绝了中苏铁路运输，也隔断了一对异国青年的爱情。小伙子应心灵之约，常常在黄昏时分来到洞口，似乎能听到那边新娘的呼喊。10年后，抗战胜利，洞口打开，可是小伙子再也没有见到心爱的姑娘。据说，现在洞口旁边的石头上，还有小伙子用石块、道钉砸下的一个个白点，那是他每次到这里打凿的印记，只是因岁月流逝、风剥雨蚀而变得模糊了。

## 边境城市的“姊妹篇”

中东铁路上的城市大都因“站”而兴。以哈尔滨为中心，西端的满洲里，东边的绥芬河，无不以车站为城市的“襁褓”。火车站成为中东铁路上一个城市最炫的音符。所以，人们在谈到城市与车站的关系时，常常这样形容：火车站是这座城市的母亲。

打开一张西伯利亚铁路、外贝加尔铁路、乌苏里铁路和中东铁路线路全图，会惊奇地发现，中东铁路东端的绥芬河和西端的满洲里正处在欧亚大陆的重要位置。它们是连接欧亚的通道和进行经贸交往的重要商埠，是“国际红色秘密交通线”的重要驿站和“红色堡垒”，是中西文化相互交融的口岸名城。如今，这两座城市又双双成为“一带一路”国际大通道的重要节点、团结的纽带与友谊的桥梁。

1901 年 12 月满洲里站建成，比和它遥遥相望的绥芬河站晚了两年多。两座站房建筑出自同一设计图纸，只是满洲里站的建筑规模更大一些。相同之处还在于，开站初期两个站都没有固定的候车室，都以木刻楞建筑或搭建板房作为临时候车场所。

2020 年的深秋，我专程来到满洲里，就这个临时候车室的“真与伪”“去与留”，拜访了满洲里市历史文化研究会会长王铁樵先生，并进行实地考察，在这里有了新的发现。

一栋木刻楞尖顶的平房，外接一个门斗，大门敞开着，传教士、抱小孩候车和从候车室出来的旅客都在镜头里，尽管旅客不是很多，倒也显得很是热闹。前几年有文章说“满洲里站的临时候车室现如今依然保存完好，在横跨铁路线的天桥以西约 50 米处”。经过多方考察，王铁樵先生认定，此建筑早就不存在了，文章里说的只能是以讹传讹了。但是，站在这片旧址前，他依然显得很是激动：

以往，对这个木刻楞站舍史料上没有任何记载，民间也从没有过这个传说。莫非是翻译有误，向俄语专家几经求证，应该说翻译得十分准确。真是功夫不负有心人，竟然从另外一个渠道得到了 20 世纪之初满洲里木刻楞站舍的老照片。它神一般的如期而至，令我喜出望外，豁然开朗，拨开迷雾见天日。最早的站舍被历史遗忘，这座城市的“老妈妈”在100年后才重新回到她的诞生之地，笑看她历经百年沧桑之后的幸福家园。

那么，最初的满洲里站舍是一个什么样的建筑呢？百年之后才揭开了它神秘的面纱，露出真容。1905年俄文版《走向战争》一书中，关于满洲里站的描述是这样的：

从2月17日夜里至18日，我们终于过了边境，停在了满洲里。与一年半前见到的样子相比，我没有发现这里有任何变化，仍然是简陋的美丽。现在满洲里站建起了新的很大的木质火车站，并且石头建的火车站正在建设中。

这是俄国著名画家克拉琴科在1904年2月17日乘火车入境，对满洲里车站的情景描述。他在日俄战争前夕，沿中东铁路于9月29日到达旅顺，通过书信的方式记录下沿途各站的情景，并用画笔和相机保留下大量的珍贵影像，以上对满洲里的描述摘录于他在旅途中发回的第四封信。

对城市寻根问祖，历史学者们百折不挠。一经揭秘，既有愉悦的冲动和快感，又有几分苍凉和内疚，愧上心头。好在慈祥的城市母亲回来了，好在这个城市的后代认自己的妈妈了。尽管是迟到百年的相识、相知、相爱，但是，“找回母亲的感受还是让人百感交集”。

而绥芬河站的那个临时候车建筑，在候车室正式建成后也被拆

⊙ 中欧班列出满洲里国门，到达俄罗斯的后贝加尔火车站，换装俄方后，再返回满洲里。

除了。很有戏剧性的是，绥芬河的“老站舍”依然存在，成为“保护建筑”，而满洲里的老站房随着扩能改造已不复存在。现在满洲里的站舍不仅位置发生很大变化，而且外观也已是“改头换面”了。

绥芬河火车站候车室充分利用地形优势依山而建，南北走向，长约40米，作为边境一等站，装饰有华丽的雨搭，与环境十分和谐。候车室西通铁路站台，东门临街，南北二层楼；为钢铁拱梁，室内宽敞，多饰几何浮雕；西侧正中门上有阳文汉字“绥芬河”，下是俄文“Пограничная”（边境）。百余年来，站舍虽有部分立面有较大改变，但整体结构和风貌犹存，功能不减。站舍墙面强调垂直划分，壁柱装饰，女儿墙高低错落，山墙和窗采用曲线构图，黑白相间的地砖凸显出俄罗斯建筑特有的风采，具有新艺术运动建筑特点，庄重不失典雅，华贵而不浮躁。

满洲里站的建成虽然比绥芬河站晚了两年，但是，建设速度很快、规模也更大。沙俄政府视满洲里为“东亚之窗”，他们不满足于铁路两侧附属地的限制，于1904年秘密制订了大规模开发建设满洲里的计划。他们从国内派来了一批囚犯从事城市建设，以车站为中心修建了街道、房屋、教堂、医院、学校等城市基础设施，成为满洲里城市的雏形。当初颇具规模的满洲里铁路医院，如今成为满洲里历史博物馆，大有看点。

“往事越千年，换了人间”。今天，作为齐齐哈尔机务段出国班组的火车司机小部，他和伙计们每个月要驾驶机车出国14次，平均每两天就能出一趟国。他们的任务是负责将中欧班列牵引出满洲里国门，送到俄罗斯的后贝加尔火车站，中欧班列换装俄方后，再返回满洲里。

小邵不一定知道当年牧羊女与俄罗斯火车司机的故事，但是，他有他这个时代的光荣与幸福。每当看到一列列中欧班列从满洲里口岸站开出国门，他的脸上总会有一种自豪在荡漾："这开大列就像接力赛，我们就是从中国出发的第一棒！"

城市音符，荡漾在欧亚大陆的桥头堡上。

# 第五章

# 血色印鉴

穿越在当年的中东铁路上，我们看到的不仅有来自异域的风情，还有耳畔呼啸而过的炮火；我们回望的不仅是那些凝固的中国近代工业的遗存，还有那一座座不朽的纪念丰碑。它们或耸立在铁道线两侧，或深藏于山间荒野，或成为城镇的一道景观。

“风萧萧兮易水寒，壮士一去兮不复还”，百年铁路上安放的那些英魂们，永远守护着这片山山水水，看车轮驶过沧桑岁月，听汽笛的世纪鸣响，在这条大铁路上刻下深深的血色印鉴……

# 守护红色之路的“刀尖舞者”

## 一辆马车驶向哨卡

满洲里市兴华路49号，有一栋俄式砖石结构的建筑。这栋建筑建于20世纪初叶，一开始是一家俄国人开办的旅馆，后来成为苏维埃驻满洲里的交通站。

这所旅馆很小，连伙计在内，管事的一共只有三个人，都是苏联人，能讲很熟练的中国话。由于客人稀少，旅馆里面显得十分冷清。一天，赴莫斯科出席共产国际第五次代表大会的两位代表辗转到了这里。进去以后，他们没有再迈出屋门一步，就在小旅馆里面吃住，只等第二天马车一到就启程。

大雪覆盖了边城，寒风呼呼地吹着，只有屋中间一个火炉冒着微弱的火苗。大家站在火炉边，向店主询问着出国的一些情况。

“你们要穿过国境，每辆马车连车夫在内不能超过三个人，而且一辆车还一定得用四匹马来拉。”

“啊——”大家惊呼起来！

“闯国境线的时候，车子一定要跑得快。马多、车轻，才能跑得快呀。”店主边说边比划着，“而且，一定要选择膘肥体壮、跑得快的好马。你们都准备妥了吗？”

代表们点点头：“我们选择的都是铁路上最可靠的同志。天亮以前就动身，今天必须要闯过去。苏联同志在那边接应我们！”

店主人又详细地介绍了国境线上的一些情况。国境分界的地方是一个大坡，没有一点儿隐蔽的地方，山头上的碉堡不分昼夜有卫兵在站岗，一旦发现有人偷越国境，马上就会开枪射击。

“遇到开枪射击的时候，有经验的车夫选择的道路，卫兵是绝对瞄不准、打不中的。有时候，卫兵发现有人偷越国境，也会派马队来追赶，但是遇到这种情况的时候很少。”

炉火渐渐熄灭，屋子里顿时冷了起来，但是大家依然情绪饱满地讨论着过境的事情，店主人还是一脸担忧的样子：“过境的时候是非常紧张的，对任何不利情况都得做充分的心理准备。穿越国境的马车一定要轻便，能一口气闯过山坡才好。”

第二天清晨，边城满洲里笼罩在寒冷的雪雾中。一辆装满野草的马车悄悄赶出了市北区的一条胡同，继而车轮碾着冰雪，向国境线驶去。马车疾驰在荒凉的大草原上，代表们就像踏上征途的勇士，信心满满。

马车躲过了一个个哨卡，但是当经过边防守军最后一个哨所时还是被发现了，卫兵向马车开枪射击。车夫非但没停，还快马加鞭冲了过去。

国境线那边的苏联同志听到枪声，迅速赶来接应。两位代表钻出草垛，上了另一辆马车，而那个蒙古族打扮的车夫却倒在了边防线上。据说这个人是车站上的“警员”，党的地下交通员，只知其姓马，不知道大名。

从中东铁路建成到20世纪30年代，共产国际派人到中国帮助传播马列主义，经哈尔滨到关内去；中国一些追求革命真理的知识分子以及中国共产党的早期领导人，为了学习俄国的革命经验，需要奔赴苏俄。以哈尔滨为中心，西至满洲里，东到绥芬河，南下长春至旅顺，中东铁路成为连接欧亚大陆的唯一国际通道。人们常把中东铁路称为“红色国际秘密交通线”。

这是一条跨越国境、神秘且充满了凶险的斗争之路，是中国共产党建立和发展的奠基之路。这条道路不仅传来了十月革命的消息和马克思主义，而且也成为中国和苏俄以及共产国际互相往来的重要通道。中国共产党成立后，不少中共的领导人经中东铁路赴俄学习或参加共产国际会议。这条道路后来被称为“红色之路”，也称“红色丝绸之路”。因此，也有历史学者认为：满洲里和绥芬河这两座城市，当与上海、瑞金、延安、西柏坡等并肩而立于中共斗争史上，毫不逊色。

## 绥芬河有一座“大白楼”

“大白楼”西临滨绥铁路线不足百米，距位于站前路两侧的铁路车站候车室和苏联红军纪念碑不足 500 米。“大白楼”始建于 1903 年，是中东铁路的附属建筑，先后为绥芬河铁路交涉分局总理委员官邸和俄铁员工宿舍。1945 年这里成为苏联铁路专家办公地与宿舍。从 1955 年至 2005 年一直为铁路所用。2009 年被绥芬河市辟为中共六大和绥芬河红色国际通道纪念馆。

1922 年初至 1924 年秋冬，中国共产党的早期领导人李大钊、罗章龙等到东北考察工人运动、领导革命斗争和参加共产国际第五次代表大会后都曾下榻于“大白楼”。

这里有一幅“大白楼”纪念馆工作人员从俄罗斯拍摄回来的照片。那是中共“六大”会议旧址，几年前毁于一场大火，直到 2016 年 7 月，经中俄两国领导人商定得以修复。这张照片的背后有着一段惊心动魄的革命斗争史。

1928 年，由于国内严重的白色恐怖，党的“六大”决定在莫斯科召开，共有 142 名代表出席，这是中共历史上唯一在境外召开的党代会。会议召开前后，参会代表们主要是在哈尔滨国际交通站的统一安排下，经绥芬河与满洲里国际交通站赴苏联和回国的。会后，周恩来、罗章龙、邓颖超、李立三、蔡畅等 50 多名代表先后分批经绥芬河回国，其中许多人入境后曾入住这里。

↑ “大白楼”始建于 1903 年，是中东铁路的附属建筑，先后为绥芬河铁路交涉分局总理委员官邸和俄铁员工宿舍。

党的早期领导人罗章龙在出席中共“六大”后也经绥芬河回国。躺在“大白楼”的床上，回想起出入境的凶险，罗章龙感慨万千，夜不成寐，写下了《夜渡绥芬河纪行》，“紫霞垂野暮山焚，皂帽桦鞋夕进军。午夜星繁风正急，衔枚疾走渡绥芬。”

## 满洲里的“晋丰泰”杂货铺

沿着我党在东北的这条最早的红色之路，从绥芬河出发，我们一路向西，途经哈尔滨，沿着现在的滨洲线，向满洲里进发。

有史料记载：1921 年 7 月，中国共产党正式成立后，为了取得苏俄和共产国际的帮助，在中共早期第一代满洲省委的领导组织下，实际上在东北地区开辟了三条地下交通线：一是由绥芬河徒步进入苏联；二是从黑河渡江到苏联；三是从满洲里徒步出境，再由共产国际远东部门会同苏联保安机构护送，乘火车至莫斯科。这第三条通道满洲里国际秘密交通线是其中的重中之重。

说到交通线，不得不说为了保障交通线沿途的安全，在中东铁路沿线和中苏边境地区接管和建立的满洲里、扎赉诺尔、博克图、密山、满洲里直通交通站 5 个联络处。这其中，当属满洲里直通交通站最具传奇色彩。

在满洲里红色纪念馆里，有一个仿制还原的“晋丰泰”杂货铺，就是当时的满洲里秘密交通站。1931 年，九一八事变后，日本特务机构加强了中东铁路东西两线严查和防谍事务，国际交通线的安全受到了严重威胁。满洲里是通往苏联最重要的节点，中共北满特委决心不惜一切代价，保证国际交通线的安全畅通。这也就有了晋丰泰杂货铺的故事。

1931 年 11 月初，中共北满特委负责人李大昌（即武胡景，后任上海中央军委书记，曾是中央特科后期领导人）亲自选派具有多年秘密工作经验的纪中发（化名司杜其卡）、李芳（原名关玉梅，又名关碧云，曾化名王妈、李兰芳、丽达等）以夫妻的名义到满洲里开设晋丰泰杂货铺，以此为据点，纪中发负责外联，李芳负责内务，建立了满洲里秘密交通站。李芳在门前放一把笤帚，作为暗号；在车站有两挂马车，作为交通工具。杂货铺通过修鞋、卖布料等业务为掩护，安全护送革命者和国际友人出入境，颇有些现代京剧《沙家浜》的味道。在满洲里，除了晋丰泰，还有万茂盛商行秘密交通站，其中大部分交通员皆为政治可靠的铁路工人。

从哈尔滨方向来的同志，大多先在火车站与苏联保安部门物色的铁路工人、铁路警察、站前的马车夫等交通员接上头，由他们引领到晋丰泰或万茂盛商行，对过暗号后，留下来待机行动，除了人员接送，还有文件、信件、情报、经费的转送。

现在，满洲里国门前、满洲里至俄罗斯后贝加尔铁路下有个桥涵，穿过这里是一片开阔地。这里一字排列着满洲里的 5 代国门，附近有一架旧式马车。有人说，当年的革命者就是通过这里，坐着

⊙ 在满洲里红色纪念馆里，有一个仿制还原的“晋丰泰”杂货铺，就是当时的满洲里秘密交通站。

马车越过边境的。也有人说，还有少部分代表是从满洲里附近的“二卡”边境出国的。就这样，从 1932 年初到 1934 年 5 月间，满洲里秘密交通站共送走了 70 余名中共重要的高级干部前往苏联。

据纪念馆提供的史料，当时在满洲里的各类国际秘密交通站不少于 10 个，形成了以满洲里国际秘密交通站为中心的交通站群。这些在满洲里的秘密交通站，在共产国际哈尔滨国际交通局和众多默默无闻的中共、苏共党人的悉心保护下，安全运行了 18 年。

## 刀尖舞者已化作丰碑

其实，这条国际红色交通线的源头分别来自于上海和北平。党的早期领导人和革命志士由上海乘海轮到大连（或营口），然后乘火车经沈阳、长春抵达哈尔滨；再就是由北平乘火车经天津、沈阳、长春抵达哈尔滨。哈尔滨作为中转总站，乘火车延中东铁路火车西至满洲里，东到绥芬河后，秘密交接给苏联接应人员，徒步出境。

从满洲里到绥芬河，从哈尔滨到大连，无论是乘火车，还是坐马车，护送革命领袖与志士安全往返的，都有最早受到马克思主义影响、觉悟最早的铁路工人。为了这条“红色之路”的安全，为了那些党的早期领导人和革命者的安危，沿途的中东铁路工人做出了巨大牺牲，为之舍生取义的铁路工人被历史学者们称为“刀尖上的舞者”。

绥芬河站党支部书记、扳道员单殿元就是绥芬河国际地下交通站的负责人。他主要负责与海参崴太平洋工会秘书处和各交通站的联系。参加中共“六大”的代表从哈尔滨到达绥芬河之后，先由绥芬河地下交通站安排与一名铁路工人接头，并在他家里隐蔽，到了晚上，再由这名铁路工人带路，从别勒洼沟、东北沟或 19 号、21 号界碑等处出发，跋山涉水，第二天早晨才能到达苏联境内的约定接头地点。

# “地包”里烧起的“地火龙”

## 流传的一句民谣

“地包”是俄语机务段的音译，为“机车汇集、检修之地”。1898 年，哈尔滨机务段在火车站（秦家岗）后面荒无人烟、丘陵起伏的一片沼泽地上，有了建设的雏形。到了 1903 年 7 月，随着中东铁路的全线竣工通车，机务段也正式开始履行它的职能。“地包”也成为一个工作条件艰苦、生活环境恶劣、社会地位低下的产业工人聚居地的代名词。“火车头呜呜叫，吭哧吭哧进地包”，这是当时流传的一句民谣。

而“地火龙”是东北的一种取暖方式。它是在房屋的地表下面或沿着墙角用砖块砌成管道的形状，一头引出室外装上烟囱，另一头接炉子，在炉中燃烧煤或柴，砌的管道实际上就是烟道，利用烟道辐射的热量来取暖。因管道砌在地表，火烧得旺时管道中也会有火，形状又是长条形的，所以称“地火龙”。当西伯利亚的寒流像疯狂的野兽袭来的时候，本来就十分寒冷的东北大地变得更加酷寒。然而，在党的秘密组织下，在长长的中东铁路上，在冰封雪锁的桎梏下，地火在燃烧，烈焰在升腾，暖着工人们的心，鼓舞他们为争取自由和民族独立而斗争。

## “别着急，咱们慢慢找”

在哈尔滨机务段段史馆，有一个场景还原，讲述了当时的一段历史。这要从其中一个人物讲起，他就是受党中央委派到哈尔滨开展工作的吴丽实。

1925 年 5 月的一个晚上，乌云笼罩着天空。“东铁青年协进会”的十几个青年人，悄悄地来到位于哈尔滨市安埠区“偏脸子”（今道里区安字片）的一个木制俄式小房，他们围在一盏昏暗的油灯下，说话的声音很低。组织者是 26 岁的中共党员吴丽实，他郑重宣布：“今天,我等同志,在此,正式成立中国共产党中东铁路工人党支部。”

1919 年，吴丽实参加了五四运动。1923 年 2 月，他在北平俄文专修馆学习期间，参加了社会主义青年团，不久转为中国共产党党员。同年，李大钊介绍吴丽实赴苏联学习。1924 年 8 月，吴丽实回国后立即参加了国内的革命斗争。同年 10 月，他受党中央委派到哈尔滨开展工作。

当时，东北的反动势力非常猖獗，党、团组织遭到严重破坏，斗争环境险恶。吴丽实一到哈尔滨，就抓紧整顿党、团组织，并在道外区升平街一个二层小楼上创办了《哈尔滨日报》。

1925 年 2 月，吴丽实和姜文周等利用中东铁路三十六棚总工厂招工时机，进入总工厂。因为他们都是知识分子，个个举止文雅，许多工友都认为和他们不是一路人。吴丽实身材瘦小，穿着一件旧的学生制服，开始干体力活时十分吃力，工人们还有点瞧不起他。但吴丽实肯吃苦，专拣脏活累活干，总是抢着和工人一起扛木头、抬钢铁，在工友中逐渐形成了好感。后来，厂内只要出现对工人不利的事情，吴丽实他们就据理力争，帮助工人主持公道，敢于同白俄总管争论和对抗，博得了工人们的好感。后来，大家和他们的关系越来越密切，成了无话不说的好朋友。

三十六棚总工厂苏俄工人较多，青年工友知道他会俄语，都愿意向他学习，想拜他为师。吴丽实觉得这是宣传革命的好时机，便决定在安埠区“偏脸子”租了一套白俄的住房，自办“俄语夜校”，表面帮助工人学文化、学技术、学俄语，实际上利用此机会向工人们揭露帝国主义、封建军阀的剥削压迫，传播马列主义，介绍苏俄“十月革命”社会主义建设的成就。

有的工人问：“咱们国家啥时能像苏联那样？”吴丽实回答：“只要跟共产党走，不久的将来中国也会像苏联一样。”当时有很多人不了解共产党。有的工人问：“共产党是干什么的？”吴丽实说：

↑ 中东铁路第一个产业工人地下党支部建立后，如星星之火，迅速呈燎原之势，燃遍了中东铁路沿线。

“共产党就是代表劳苦大众的根本利益，推翻压在人民头上的帝国主义、封建主义、官僚资本主义，最高理想和最终目标是让广大人民过上和苏联人民一样的好日子。”工人问：“我们能加入吗？”吴丽实说：“能。”工人急迫地问：“那到哪去找啊？”吴丽实回答：“别着急，咱们慢慢找。”

吴丽实还给他们讲京汉铁路工人大罢工的情况，把《向导》《中国青年》等进步刊物送给一些青年工人阅读，成立了以中东铁路青年工人为主体的进步团体“东铁青年协进会”。通过在斗争中检验，吴丽实在工人中先后发展了机车库司机张有仁、郎勋臣、赖永卿、王光录4名工人党员和一批青年团员。利用这个组织，通过读报纸、讲国内国际形势、区别“红党”与“白党”的不同、分析沙俄对中东铁路工人的剥削和压迫、强调团结起来就是力量等，对工人进行革命宣传。并领导和组织工人向厂方交涉，要求增加工资，改善待遇，取得了一些胜利。

中东铁路第一个产业工人地下党支部建立后，如星星之火，迅速呈燎原之势，燃遍了中东铁路沿线。此后，吴丽实又到铁路沿线的绥芬河、下城子、穆棱、石头河子、阿什河、昂昂溪、扎兰屯、博克图等铁路站点建立了党支部。从此，中东铁路的工人运动在党组织的领导下翻开了新的一页，标志着哈尔滨地区的铁路工人乃至东北的革命斗争步入了一个新的阶段。

## 张有仁惩治“大呲包”

哈尔滨机务段的火车司机张有仁首先被这星火点燃了革命激情，成为中东铁路上的第一个产业工人地下党员。

张有仁1905年出生于黑龙江省齐齐哈尔市，1920年考入中东铁路铁道队学钳工和机车司机，1922年进入哈尔滨机车库当钳工助手，不久当上了工匠，先后进入三十六棚总工厂、机车库工厂工作。在张有仁的领导下，东铁青年协进会决定惩治一下经常利用各种手段欺压工人、外号“大呲包”的白俄大总管。事先，东铁青年协进会骨干张阔周、郎勋臣等在张有仁家开会，商量怎样对付这家伙。会上有人提议，把他装到麻袋里，用小车推出机务段。以前白俄总管和工头们曾用这个办法欺负中国工人，工人一旦被推出工厂就算被开除了。也让他们尝一尝被“开除”的滋味。因为“大呲包”长得高大肥壮，张有仁的爱人范晶璞用三条麻袋合缝成一条大麻袋。做了一次演练之后，张有仁向吴丽实作了汇报。吴丽实同意这次行动，并指出不要危及性命，以免带来麻烦。

第二天早晨一上班，他们就冲进办公室把“大呲包”绑起来塞进麻袋，用车推到机务段门前的烂泥塘扔了下去。来看热闹的工人们大喊；“滚吧！滚吧！你被开除了！”“大呲包”以为大家真要把他淹死，吓得跪地求饶，头也不回地跑了。经过这次斗争，大涨了中国工人的志气，张有仁在工人中的威望更高了。

↑ 中东铁路工人聚居的哈尔滨三十六棚旧址。

由于张有仁在组织领导铁路工人斗争中不断成熟，1925年5月，经吴丽实、姜文周介绍，他加入了中国共产党。在“地包”一个破旧的工棚里，张有仁面对党旗庄严宣誓，成为中东铁路上的第一个产业工人地下党员。

1925年11月的一天，张有仁正在给机车加油，准备出乘去安达。这时一个勤务兵来找他去段长办公室。一进办公室就有几个便衣特务用枪顶着他说：“把手举起来！”当时他摸不清状况，心想莫非是党内出了叛徒？被押出办公室时他看到工友郎勋臣和刘跃祖的父亲也被抓了起来，此时他明白了是和惩治“大呲包”有关。最后特务们在他家搜查出《共产主义ABC》《中国青年》等红色宣传材料。敌人对他严刑拷打，但是张有仁始终一口咬定这些东西是别人放到他家的。但敌人仍以“组织工人暴动罪”等罪名把张有仁判刑，关押在吉林第一监狱。张有仁在狱中受尽摧残，却坚贞不屈，1928年底才被释放。此后，张有仁经党组织批准参加了国际情报组织，仍然以火车司机身份作掩护，把党的信息秘密地输送到前方。

# 李敏老人忆战友

## 抗联队伍中最小的女兵

李敏，是东北抗联队伍中最小的女兵。跟随队伍的时候，她只有 14 岁。2017 年的夏天，我怀着崇敬的心情，走进哈尔滨市南岗区一个普通的小院，拜访了这位抗联老战士。

尽管已是 94 岁高龄，但李老依然精神矍铄，思维清晰。她还是那身一直穿着的抗联军装，臂上戴着“抗日联军”红袖标，还是一名抗联战士的精气神，充满了斗志。当年，“这个朝鲜族娃娃”和赵尚志、李兆麟等抗联将士们一起高唱着抗联歌曲，英勇抗击日本侵略者。如今，她带着东北抗联精神宣传队的队员们四处奔走，为宣传东北抗联精神不遗余力。

望着墙上的一幅幅老照片、一面面旗帜，李敏谈起抗联，仿佛又回到了那“荒田遍野，白露横天，夜火熊熊，敌垒频惊马不前”

⊙ 2017 年的夏天，我怀着崇敬的心情，走进哈尔滨市南岗区一个普通的小院，拜访抗联老战士李敏。

的年代。一条铁路线，让她打开了记忆的闸门。

## “一定要好好写写他们”

谈到铁路工人抗战，谈到抗联战士依托铁路线打击日寇的历史，李老连连说“了不起、了不起”，并反复提到一个人。这个人就是北满省委第一执委部党代表、抗日英雄王耀均。

王耀均，1912 年出生于辽宁铁岭，19 岁只身来到哈尔滨谋生，在一家诊房看护病人并自学成医。1936 年在黑龙江富锦大林子村，他因救治抗联伤员被伪警察逮捕，后机智脱逃。因目睹日本侵略者对东北人民的残害，他毅然决定加入抗日队伍。为了寻找抗日联军队伍，王耀均只身离开哈尔滨，先到抗日活动最活跃的富锦等地，边行医边打探。历尽艰辛，他找到了抗日联军第六路军第一师部队。由于他身份不明，“战士们怎么看，他就是个书生，不像战士”，部队对他进行了多年的观察和考验。王耀均一直忠于革命，勇挑重担，在夜以继日的工作之余，为大家上文化课和医务知识课，无论是伤员还是业余护理队员都敬重他、喜欢他。1940 年 7 月，党组织批准他成为预备党员。

1940 年 12 月，在嫩江平原与日寇作战中，王耀均身负重伤，组织上把他留在地方上治疗，他几经辗转到齐齐哈尔铁路住宅养伤。在这里，他结识了齐齐哈尔铁路列车段工人史履升、毛殿武、佟允文等人。通过一段时间的交往，王耀均决定利用原有抗日团体的残部，重建抗日救国组织。

1941 年 7 月 25 日，他们在货物员王贵家召开会议，成立了中共北满省委第一执委部，王耀均为党代表，史履升为执委，毛殿武为干事，周善恩为巡视员。执委部组织所有成员宣传抗日主张，为抗联提供情报、物资，积极发展组织。他们先后在齐齐哈尔、哈尔滨、长春、沈阳等地发展了 7 个小组，成员遍及北满。各个小组积极开展抗日救国活动，宣传党的抗日主张，扩大组织，发展抗日救国会员，为抗联及时传递情报，提供物资，完成抗联交办的各项任务。

这期间，王耀均得知他所在部队在苏联休整后，已于 1941 年 3 月返回东北。于是，他通过各种渠道想方设法和部队取得联系。不久，王耀均和抗联第三路军九支队政委郭铁坚会面。1941 年 9 月 20 日，郭铁坚率部队在嫩江西岸与日军作战中不幸牺牲。敌人从郭铁坚的挎包里搜出了王耀均上交的执委部名单。日本宪兵调查发现执委部大部分成员都是铁路职工，11 月 9 日至 25 日，“特搜班”先后在齐齐哈尔、哈尔滨等地逮捕了王耀均、史履升、佟允文等 114 人，执委部遭到严重破坏。王耀均、史履升、佟允文等人在狱中受到了惨无人道的严刑拷打，但他们宁死不屈，严守党的机密。其中，万先琦、林国俊惨死在狱中，多人被致伤、致残。

1942 年 10 月 10 日，日伪齐齐哈尔所谓“高等法院”分别判处王耀均、史履升、周善恩死刑，其他人员判处无期徒刑和有期徒刑。宣判后，王耀均向狱友发表了慷慨激昂的讲演：“敌人判死刑，是我们预料的，遗憾的是我们没有完成党交给的任务……”史履升在狱中写下了一首气壮山河的诗：

马首龙沙垣，血染嫩江边。
夙怀报国志，黑发变苍然。
苍天何独狠，被擒在济南。
今生一去也，中华万万年。

1943年3月3日上午，王耀均、史履升、周善恩英勇就义。时年，王耀均31岁、史履升35岁、周善恩26岁。

讲到这里，李敏老人沉浸在对战友的深切怀念中，眼含热泪，一再嘱咐我们：“你们一定要好好写写他们！”

# “红灯高举闪闪亮”

## 李延青和第一支抗日武装

“红灯高举闪闪亮，照我爹爹打豺狼……打不尽豺狼绝不下战场！”这是20世纪70年代上演的现代京剧《红灯记》中李铁梅的一段唱词。《红灯记》反映的是铁路工人李玉和一家三代人继承革命遗志，高举红灯抗击日寇的故事，也是目前唯一的反映铁路工人同仇敌忾斗日寇的现代戏曲作品。李铁梅还有一句唱词是“我家的表叔数不清”，“为的是救中国，救穷人，打败日本兵……”

1931年，在滨绥线当养路工的李延青接受共产主义思想，秘密加入中国共产党。根据党建立自己工人武装的指示，他以办夜校为掩护，宣传抗日思想，提高工人觉悟。在十月革命传播较早、群众基础好的穆棱站建立了一支由50名铁路工人参加的抗日队伍。

这是中国共产党在东北地区直接领导的一支铁路抗日武装，也是中国抗日战争史上第一支铁道游击队。

1932 年初，东北大地虽然天寒地冻，但李延青和游击队员们的抗日热情十分高涨。当他们听亚布力站的工友说车站的路警队要投靠日寇时，个个义愤填膺。经请示地下党组织，李延青带领游击队员们冒着凛冽的寒风，乘火车连夜赶往亚布力，在当地铁路工人的配合下冲进路警队宿舍，不费一枪一弹就将车站的路警队全部缴械。李延青通过对被俘的路警和当地铁路工人的启发动员，吸收了 30 多名路警和铁路工人参加了游击队。这支铁道游击队，两个多月就发展为几百人的抗日武装力量。

这年 3 月，抗联在镜泊湖一带重创日军天野旅团，3000 多日军只剩下 300 多残兵败将，在海林乘火车逃往哈尔滨。李延青在接到日寇从铁路逃跑的消息后，决定在高岭子站西侧 1 公里处拔掉道钉，让日本军车翻车，伏击这股残敌。3 月 27 日凌晨，日军乘坐的军车刚刚通过高岭子站，只听轰隆一声巨响，列车出轨翻车。铁道游击队员们一齐向日军军车方向投掷手榴弹、开枪射击，日军一个个顺着大陡坡连滚带爬逃窜，翻滚的车厢下留下 200 多具横躺竖卧的鬼子尸体。李延青和战士们打扫战场时，发现几具穿黄呢子军装的日军军官尸体，其中一个脑袋开了花，半边领章上剩了一角金星，后证实被打死的是日军天野少将。日军天野旅团，自九一八事变以来侵占辽宁、吉林、黑龙江，杀死东北同胞无数。高岭子一战，铁道游击队为死难的同胞们报了仇。

## 戴吉山布下“口袋战”

1936 年 8 月 12 日，磨刀石站党支部接到情报，一列日军军列从牡丹江出发，途经穆棱到绥芬河。在磨刀石铁路工区以养路工身份为掩护的中共吉东特委职工部委员王新文，用电话暗语将情报传递给新房子铁路工区地下党员戴吉山的中转站，使情报很快就转到了中东铁路职工部部长赵采青的手中。这个有着丰富斗争经验的地下党员通过红色交通站，将日军列车通过的准确时间迅速递送给抗联，并让戴吉山和巡道员刘学胜制作扳手等工具，引导抗联战士来到颠覆日军军列的最佳地点（代马沟至新房子 413 公里处），做好截击敌人的准备。

戴吉山两人趁夜色来到指定地点，用扳手将铁轨上的鱼尾板拆下，拔出道钉，为日寇布下了“口袋”。当晚 23 点，日军军列行至此处，只听轰隆一声巨响，日军军列脱轨翻车。早已埋伏在山坡两侧的抗联战士一起攻击，手榴弹炸成一片，子弹像雨点一样射向敌人，军列大火熊熊，惊魂未定的敌人晕头转向，却又不知道向何处逃窜。抗联战士如猛虎下山，把随车押运的 150 多鬼子全部歼灭，并缴获了大批军事物资。

## “扳道房走出的县委书记”

潘寿廷，穆棱地区共产党早期的领导人，一位从铁路扳道房里走出的抗日斗争组织者。他 1898 年出生在山东招远，8 岁入私塾读书，因家境贫寒中途辍学。1908 年随父亲来到哈尔滨。14 岁时，他被介绍到俄国领事馆做厨师。1924 年到哈尔滨俄人工会工作。后由工会介绍到铁路传习所攻读俄语，半年后被分配到穆棱县代马沟车站，成为扳道工人。

日本帝国主义的铁蹄踏进东北，以穆棱铁路为中心的反日运动风起云涌。潘寿廷毅然投身革命，1933 年 1 月，他秘密加入了中国共产党。4 月，潘寿廷任穆棱县九站党支部委员。他发动工人，积极扩大党组织，发展了赵采青等进步工人入党。10 月，中共吉东局指示，以穆棱铁路为工作重点，组织工人夜校，潘寿廷任校长，赵采青教《贫民千字文》课本，向工人讲革命道理，开展反日宣传教育，并建立了由赵采青任会长的“反满抗日救国会”，成员有丰永、刘福廷等 17 人。在他们的影响和带领下，穆棱的铁路工人有一半以上参加了反满抗日救国会，他们印发抗日救国宣传小册子，连夜到各火车上和各地散发。

1934 年 4 月，中共穆棱县委建立了九站区委，潘寿廷任区委书记。他领导铁路工人以集体怠工、搞“错误”调度，破坏日军军需物资运输，同日军展开斗争。一年后，根据中共吉东特委的决定，在穆棱站成立了中东铁路职工部，以绥芬河至横道河子之间的中东铁路为活动区域，主要任务是发动工人群众，积极组织和配合抗日武装力量，破坏日寇的军事运输线，打击和牵制日寇的侵略活动。中东铁路职工部下属穆棱、磨刀石、牡丹江和绥芬河 4 个抗日分会，分别领导各铁路站区的 13 个抗日小组。职工部还在哈尔滨、林口等地建立交通联络站，使中东铁路东部线党的组织在工人群众中的影响不断扩大。

随之，中共中央驻共产国际代表团派指导员李范五、郭永才二人到穆棱站召开中东铁路穆棱会议，赵采青、潘寿廷、王新文等同志出席会议。会议决定重新建立中东铁路职工部和中东铁路抗日会，赵采青任书记，潘寿廷任组织部长，王新文任宣传部长，领导穆棱、绥芬河、磨刀石三个分会，抗日分会领导沿线各站共 12 个抗日小组，联络网扩大到哈尔滨道里、道外、南岗三个区，成员达 100 多人。他们大力开展抗日宣传，搜集日伪情报，曾几次配合抗联部队破坏铁路，颠覆日本军列，打击敌人。

从 1935 年至 1940 年间，中东铁路游击队与东北抗联小分队密切配合，在日寇疯狂讨伐下，他们破坏敌人铁路设施、干扰军事运输不计其数，参加战斗 100 余次，累计打死日军 3000 多人，在中国人民抗日战争史上，铁道游击队写下了打击日本侵略者独特的一笔。

1938 年 8 月，吉东省委书记宋一夫叛变投敌，穆棱县委遭到严重破坏。1940 年 1 月，潘寿廷以九站区委为基础重建了穆棱县委并任代理县委书记。1940 年 12 月，潘寿廷因叛徒告密不幸被捕入狱。经过一个半月的严刑拷打，审讯逼供，潘寿廷始终立场坚定，毫无畏惧。敌人枉费心机，一无所获，只好释放了他。

那年冬天，白色恐怖下的穆棱，柳毛河的岸边，几位年轻人面对大山庄严宣誓："打走日本鬼子！誓死不当亡国奴！"1943 年 9 月，中共穆棱县委被破坏，潘寿廷在穆棱县建立了穆棱区委，领导 10 余名党员继续坚持抗日活动。1945 年 8 月 11 日，潘寿廷在穆棱镇为保护人民生命财产不幸牺牲，后被国家民政部门批准为"革命烈士"。有史料称潘寿廷是"扳道房走出的县委书记"。

# “铁路工人的保尔”：张林

## 在保尔·柯察金的故乡

1946 年 12 月，西伯利亚的寒风让莫斯科大街上卷起了白毛雪，天地间混沌一片。路上稀少的行人，裹紧了大衣领口，脚步匆匆。

保尔·柯察金纪念馆的小院里堆满了积雪，几棵树的残枝上几颗红果在风中摇曳。这时，一个年轻的中国人，戴着一副厚厚的墨镜，在苏联护士的搀扶下，推开了那扇木制的小门，登上了台阶，身后留下的脚印很快又被风雪平复。

这个人叫张林，是党组织安排他来莫斯科治疗眼疾的。刚刚被医院安顿下的张林，听说苏联伟大作家奥斯特洛夫斯基创作的小说《钢铁是怎样炼成的》，其主人公保尔·柯察金纪念馆就在附近，便不顾大风雪的侵袭和医生的劝阻，执意前来拜访。

“保尔，我亲爱的朋友，今天，我终于见到你了！”

↑ 塑像中的保尔斜卧在病床上，下半身搭着一条墨绿色的毛毯，神情坚毅，目光炯炯，手里的那支笔好像从来就没有停下过。

塑像中的保尔斜卧在病床上，下半身搭着一条墨绿色的毛毯，神情坚毅，目光炯炯，手里的那支笔好像从来就没有停下过。站在塑像前，张林从怀里掏出了那本已经快要被翻烂的《钢铁是怎样炼成的》小说，喃喃地说："朋友，我来晚了！"顿时，泪水流了下来。

张林对保尔崇敬已久。此后，张林经常来到这里，讲解员把他看作自己的朋友。一天上午，阳光格外地好，经过讲解员的努力，张林在这里见到了保尔·柯察金的夫人达雅·柯察金。达雅从护士那里听说了很多关于张林的事，很受感动，也想见一见这位"中国的英雄"。见到张林的那一刻，达雅热烈地拥抱了张林，并将一套由她亲笔签名的《钢铁是怎样炼成的》的新书送给了他。达雅·柯察金时常到医院看望张林这个中国朋友，并讲了很多关于保尔的故事。

也就在这时，一颗萌动已久的种子在张林的心里开始生根发芽。作家奥斯特洛夫斯基和小说里的主人公保尔·柯察金一样，深深地影响着这个经历过千难万险和战斗洗礼的中国青年。

保尔钢铁般的意志鼓舞了张林。经 7 个月的治疗，张林的视力恢复到了 0.01。回到国内，他除了完成工作外，每天都要挤出时间，用 65 倍放大镜读书、写笔记、找素材。从 1950 年春开始，张林利用 7 年业余时间，完成了一部 20 万字的《老共青团员》书稿。由于文化程度低，加之受视力影响，书稿一改再改，草稿足有几十斤重。1956 年，自传体小说《老共青团员》由工人出版社出版，十分畅销，连续8次再版，发行超百万册，并被改编成连环画，与《钢铁是怎样炼成的》《把一切献给党》一同成为青年必读书籍。该书还被译成日文、韩文向国外发行。张林将所得4300元稿费，作为党费全部交给了党组织。

《老共青团员》一书是张林革命生涯的真实写照，小说中的主人公何有的形象就是张林自己。张林因此被誉为“铁路工人的保尔”。

## “共产党就是你的家”

张林原名郝长发，1914年出生在山东省平度县一个矿工家庭。他自幼失去双亲，1926年投亲来到哈尔滨，在道外一家鞋铺当童工。1928年他进入中东铁路哈尔滨机务段当学徒工。机务段有半数苏联籍员工，其中有不少是“布尔什维克”，对张林的影响很大。特别是机务段的秘密党组织，对张林思想觉悟的不断提高起了极其重要的作用。

下面，是《老共青团员》中的片段：

…………

何有气得把铁铲子、炉钩子向地板上一摔，一屁股坐在凳子上，说：“管他娘的啦！我要去投奔共产党抗日军去，把这些铁道全扒了，把他娘的那些王八羔子全杀干净……”

“程师傅，哪里有共产党啊？”

老程朝室外瞅了瞅，轻声对何有说：“我告诉你，共产党哪里都有。关内有，关外也有，说不定咱们段上还有哪！”

“那我就找他们去。”老程瞅了何有一眼，见他眼里好像冒火似的，就笑了，说：“那可不好找！听说干共产党的，都是工人里头最坚决的人，个人什么也不顾，你能做到吗？”何有一点不犹豫，立刻答道：“怎么做不到？我什么也不怕！”

何有在老程的长时间考验下，终于找到了共产党。

“可是，人家有条件？”

…………

何有两眼放光，忙说：“我够条件。”又说：“只要反对地主、资本家，打日本鬼子，叫我干啥就干啥。除了饭钱，其余的全交上（指交团费），行不行？”

“好！”老程严肃地说：“你不是没有父亲，没有母亲，没有家吗？从此以后你就有家了，共产党就是你的家，你要做一个好儿子啊！”

窗户外头下着大雪，屋里冻得伸不出手来。何有听到老程的话，觉得心里暖和和的。

一个工人找到了家。何有从此成了共产主义青年团员。

## “干共产党的，都是工人里头最坚决的人”

成为共青团员的张林，精神头更足了，牢记老程说的这句话，积极投身于革命。

1934 年 5 月 7 日，张林得到一个重要情报，驻石头河子站的伪军准备哗变。于是，他连夜顶着狂风暴雨，奔波几十里地来到宁安县，找到县委书记李范五，请求县委派部队随他去策应。这是李范五第一次见到张林，只见黑瘦的他穿一身破铁路服，浑身上下被雨水淋透。李范五问：“现在行动，时机成熟吗？”张林回答说：“这支伪军里有个叫马连山的排长，很有爱国思想，愿意到我们这边来。而且士兵大多数是穷人子弟，不甘心当亡国奴，早就想出来和我们一道打日本。但伪军连长很顽固，而且对马连山的行动有所察觉。现在只能当机立断，来个里应外合把这支伪军拉出来。”

李范五听后十分赞成，当即率领部队去石头河子站，接应马连山。这场战斗打得很漂亮，伪军全部缴械，有五十多人参加了抗日队伍，还缴获了许多枪支弹药和被服。不仅扩大了抗日队伍，而且战斗力得到增强。

张林在对敌斗争中不断成熟，先后担任横道河子团支部书记、共青团吉东局特委书记、共青团满洲省委组织部长等职务。

1934 年 10 月，党组织派张林去牡丹江团吉东局特委搞地下斗争，他以玻璃匠身份作掩护，巧妙地与日本宪兵、特务周旋。在温春、三间房一带走街串户，秘密收集军事情报，并设法将情报快速传给抗联部队，打击和消灭日军。此间，张林还担负保护吉东局特委机关和李范五等人安全的任务。

根据李范五回忆录记载：“1935 年初夏，我被调到吉东特委担任组织部长。特委秘密机关设在牡丹江市，刚到牡丹江就见到了张林。他头戴一顶破毡帽，背着装玻璃的箱子，一副玻璃匠打扮。张林告诉我，他已经给我租了两间房子，并且还请了一位面包匠，安排我当面包铺的掌柜。听了他的话，我很受感动，在我没来之前，他已经把事情办好。张林把我的安全时刻挂在心上，他经常注意观察我在房前设置的暗号——在门前小桥上放的一块石头。有一次他发现石头位置有变化，马上警惕地躲在附近一个厕所里，透过板缝向外观察，直到看见我送一位同志出来，他才放心地离去。”

1936 年夏，张林被党组织派到苏联莫斯科东方大学特别班学习。从莫斯科回到延安后，张林曾在西安市从事工运工作，并当选中共“七大”代表，参加了党的“七大”会议。抗战胜利后张林回到东北，任哈东支队政委。在一次剿匪战斗中，敌人的一颗子弹打穿了他的太阳穴，张林几乎双目失明。他不顾医生劝阻离开医院，投身于土改斗争，曾任中共珠河县（今尚志市）委书记、江南地委组织部长等职务。1946 年 12 月，党组织强行把张林送到莫斯科治疗眼疾，也就有了开头的故事。

## 南花园有座纪念碑

在齐齐哈尔铁路南花园，苍松翠柏环绕下，矗立着一座殉难烈士纪念碑，碑高 9 米，宽 2.07 米，厚 2 米。碑正面右上方刻有“东北民主联军西满铁路护路军历次战斗”的小字，左下方刻有“中华民国三十六年五月一日”的小字。此碑是 1947 年由当时任东北民主联军西满铁路护路军司令员兼齐齐哈尔铁路局局长郭维城组织修建的。

纪念碑像一位岁月老者，向人们讲述着 70 多年前，郭维城将军领导的西满铁路护路军一部在泰东鳌龙沟粉碎国民党“光复军”抢劫护路军军列的一场难忘的战斗。

1945 年 12 月 12 日，郭维城接到上级通知：为了扩充部队，黑龙江军区调拨给嫩江军区和西满护路军 2000 支枪和 200 箱子弹，并命令护路军去军区所在地北安统一领取。郭维城深知这一任务的分量，当时的齐北线上，泰安县城（今依安）有国民党“光复军”

↑ 苍松翠柏环绕下的这座殉难烈士纪念碑，向人们讲述着 70 多年前，西满铁路护路军在泰东鳌龙沟粉碎国民党“光复军”抢劫护路军军列的一场难忘的战斗。

盘踞，活动十分猖獗，他决定亲自带队乘装甲列车前往北安。

13 日下午 4 点多，郭维城带领护路军 3 个连登上装甲列车，从齐齐哈尔车站出发，向北安方向开行。

14 日早晨，装甲列车到达北安站。郭维城组织部队领取枪支弹药，很快将物资装进了棚车。下午 4 点，列车开出北安站，向齐齐哈尔返回。

晚上 7 点多钟，列车行驶到泰安以东鳌龙沟村附近的高路基弯道地段时，突然在一阵剧烈摇晃后停下了。第一节隔离车和二连乘坐的第一辆装甲车翻倒在路基下面的雪地里；郭维城乘坐的第二辆装甲车也已倾斜，与后面的客车、棚车脱了钩。霎时间，子弹雨点似的朝列车打来。

郭维城一面观察敌情，一面告诉大家，没有命令不准开枪。匪徒们以为我军遭到袭击，已丧失战斗力，便一窝蜂地涌到车厢前，用枪托敲打车门。郭维城喊了声“打——”，早已子弹上膛、瞄准敌人的战士们，从射击孔、铁窗口一齐开火，车下倒了一大片匪徒。匪徒们被打得晕头转向，拼命地往回跑。战士们迅速跳下车厢，占据路基旁有利地形，借着月光向敌群痛击，打得匪徒死伤累累。

不一会儿，敌人又发动第二次进攻。郭维城命令战士迅速登车，凭借装甲车掩护，居高临下向敌人还击。后面客车上的三连战士也奋勇还击。敌人再一次遭到重大伤亡，丢下 10 多具尸体，狼狈地向鳌龙沟溃逃。战斗中，政委张兴的大腿挂了花，还有几名战士负了伤。

二连乘坐的第一辆装甲列车翻倒在雪地里，虽然几个战士摔伤了，但都能参加战斗。由于车门一时打不开，一批匪徒包围了装甲车，嚎叫着敲打车门："里面有活的吗？赶快出来，交枪就没事了。"面对敌人的喊话，副司令员尹诗炎和教导员郭金玉在车内分头对大家说："沉住气，不要慌。敌人无法进来。准备好手榴弹，先叫他们尝尝。"几颗手榴弹一齐从窗孔扔出，在敌群中爆炸开了花。匪徒们带着伤，哭叫着往回跑。紧接着，车里又打出一排愤怒的子弹，射向逃窜的敌群。

有一股土匪企图抢占机车。当领头的土匪窜到离机车 10 多米时，守卫在机车上的战士程宝莲早已瞄准好了，"砰"的一枪，一个敌人应声倒地，后面的匪徒吓得拼命往回跑。程宝莲趁势跳下机车，把死匪的三八枪和子弹缴了回来。见一个匪徒从侧面爬过来，程宝莲回身又是一枪，这家伙挣扎几下不动了。又一个匪徒悄悄地爬到死匪身旁，想拖尸回去。程宝莲眼疾手快，又是一枪，这个土匪倒在死匪身旁，其余的匪徒再也不敢靠近机车了。

第二天拂晓前，敌人又开始进攻了。一群土匪弯着腰，大喊大叫着向列车窜来。有一部分土匪涌向后面的棚车，企图摘钩推车劫取武器。靠近棚车的三连，对准棚车周围的敌群一阵猛打，九二重机枪、装甲车上的火力也同时射向敌人。护路军也开了火，再一次使敌人遭到大量伤亡，粉碎了土匪摘钩劫车的阴谋。

这时，天已大亮。东南方向有几个土匪偷偷摸摸地来拖死匪的尸体。姚玉亭科长高声喊话："你们是哪部分的？"土匪们回答："我们是刘汉部下。"这个刘汉，在伪满当过警察署长，是这伙"光复军"的头目。姚玉亭在抗联做地下工作时，曾与刘汉打过交道，还同他结拜过把兄弟。于是，他对土匪说："赶快回去告诉刘汉，就说姚玉亭大哥在这里。我们车上都是老八路，你们打不了，就不要再打了，赶快投降吧。他来或派人来都欢迎。"几个土匪连声答应，战战兢兢地从雪窝里爬起来就往回跑。

上午9点多钟，姚玉亭向郭维城提出，要亲自前去同刘汉谈判，劝他投降。郭维城担心这样太危险，后来经过商量，为了缓兵求援，便同意他只身去闯匪穴。

姚玉亭同两个匪兵走后，平静了很长一段时间。下午1点多钟，敌人的冷枪又不断响起。十几个土匪，从铁路右侧向列车袭扰。后来才知道，姚玉亭被敌人杀害了。土匪们不断从正面向列车发动进攻，又一次次被击退。

到了下午3点，援军还没到，派出送信的人也不见回来。郭维城和大家研究决定：一、二连坚守装甲列车，"人在枪在"，保住武器弹药。三连向克山方向突围求援，以便围歼匪军。于是，团长饶民孚和翻译姜桐带领三连战士，在火力掩护下突围。三连冲出四五里路后，遇上敌人骑兵拦击。战斗中，当过国民党军少尉排长的顾天恩突然反水，从背后开枪打死了饶民孚和姜桐，并胁迫部队哗变。战士们反对投敌，被顾天恩枪杀了 6 人。齐齐哈尔解放后，顾天恩被处决。

郭维城在回忆录中写道：“北国的严冬原野白雪茫茫，车厢里的温度在零下 30 多摄氏度，大家又冷又饿。但护路战士不怕苦，不怕死，在战斗里得到锻炼和考验，情绪高昂，坚守列车，打击敌人。敌人欲攻不克，早已被我们打得疲惫不堪。人民的装甲列车，像一座无法攻克的英雄碉堡，傲然挺立。”

傍晚时分，郭维城安排在附近屯里找来十几辆胶轮马车，把枪支弹药和伤员运走。天快亮了，部队最后撤离了装甲车。

在一天一夜的激战中，西满护路军打退敌人多次进攻，彻底粉碎了敌人以扒路来颠覆我装甲列车、截取枪支弹药的阴谋，胜利完成了保卫人民武器的光荣任务。在战斗中有 30 多名同志负伤，有 36 名同志光荣牺牲，倒在了为保卫胜利果实、保卫解放区新生政权、争取人民彻底解放的路上。

说到这座纪念碑，它还有着一个特殊的意义：1946 年 6 月，西满护路军被编入东北民主联军铁道司令部（同年 12 月改为护路军司令部）。1948 年 7 月 5 日整编编入东北野战军铁道纵队。这支队伍是铁道兵最早的部队，所以说，泰东鳌龙沟战斗殉难烈士纪念碑就是铁道兵最早的烈士纪念碑了。

# 第六章

# 沐浴曙光

抗日战争的硝烟尚未散去，人民解放战争烽火又起。中国共产党在东北解放区最早接收了哈尔滨铁路，以此庄严宣告：上溯到1896年，沙俄攫取中东铁路修筑权进而把控全路，日伪统治、铁蹄蹂躏到“六国管控”东北铁路的局面终将结束；一个在中国共产党领导下，由中苏共管进而过渡到全部由中国政府管理的东北铁路指日可待。“人民铁路摇篮”沐浴着新中国的曙光，从蹒跚起步，到青春勃发，走进了一个激情燃烧的岁月，迎来了一个火红的年代……

## 咱们工人有力量

天晴了，解放了！

1945 年 8 月 15 日，东北光复。经历了半个世纪殖民主义奴役和压迫的哈铁工人，在中国共产党领导下翻身做了主人，他们像喷薄欲出的朝阳，焕发出极大的劳动热情和建设国家的冲天干劲。

那时候，很多乘务员正是血气方刚的年纪，翻身解放了，起早贪黑地干，浑身有使不完的劲儿。

1945 年 8 月 27 日早上 8 点，佳木斯机务段的火车司机孙大伦驾驶着刚刚修复好的 MK1 型 23 号机车，一声汽笛长鸣驶出了机务段，启动了“光复”后的第一趟列车。孙大伦和伙计们既兴奋又激动，情不自禁地唱起了歌：“解放区的天是晴朗的天，解放区的人民好喜欢……”，嘹亮的歌声和高亢的汽笛声随风飘荡在小兴安岭和广袤的三江平原上。

老孙会唱歌的事不知道怎么让段长知道了，开始让他教工人们唱歌。最早唱的都是东北二人转等地方小调，想到啥就按照曲谱往里装啥。转眼到了第二年的开春，段里派孙大伦到佳木斯军政大学（延安抗大分校）学习，这给了他更多学习新歌的机会。在军政大学里，学员们不仅学习了革命的理论和党在解放战争中的方针政策，而且学会了很多革命歌曲，如《解放区的天是晴朗的天》《兄妹开荒》《国际歌》《翻身道情》等。学了三个多月，回到段里孙大伦组织起了小乐队，惹得很多妇女、孩子也都跟着学唱，大家扭啊、唱啊，那真是解放区的天是晴朗的天。

好戏还在后头。1947 年 7 月的一天，延安鲁艺文工团的三名团员来到了佳木斯机务段，说他们刚刚拿到了一首新歌《咱们工人有力量》，想听听工人兄弟的意见。工人们看到黑板上的歌词，随着文工团员的歌声，伴着几位会乐器的同志奏出的旋律，工人们放开了喉咙越唱越有劲。他们觉得歌词写的就是自己，歌曲表达了他们的心声。人越聚越多，歌声越唱越响亮，一遍又一遍唱得人们热泪盈眶。

在学唱的交流中，文工团员们介绍了这首歌的创作过程。1947 年 6 月的一个星期六，鲁艺文工团的马可老师带着几名文工团员到佳木斯发电厂参加劳动。一到工厂便被熊熊的炉火、隆隆的机器声所吸引，被工人们热火朝天的干劲深深感染。休息的时候，女团员为工人们唱了几首陕北民歌。一位老工人问：“有没有唱咱工人翻身的歌？给我们唱一个呗？”大家一时回答不上来。这时，一位老师傅唱起了自己编的《工人四季歌》：“秋季里来菊花黄，工人翻身，自己把家当。成立了职工会，参加了自卫队，组织起来那么有力量……”老师傅的声音很朴实，嗓子还有点沙哑，可是他的歌声却很有吸引力。马可听了非常感动，他决心要为工人编一首战歌。

回到住所，马可用二胡拉起《工人四季歌》的曲调，团员们都围拢过来，静静听着。马可想：“要做一个真正的革命文艺工作者，不学习工人大公无私的品行不行。应该编一首歌颂他们的歌，可怎么编呢？”马可一边拉琴一边思索，团员们也在思索着，议论着：“歌颂他们的生产热情。”“歌颂他们的坚决、勇敢、热情、乐观的精神。”“歌颂他们改造世界的气派。”“真是伟大！伟大的……力量！”“我看可以叫做《伟大的工人……伟大的力量》！”“不如干脆就叫《工人有力量》！”同志们的热情议论使马可陷入沉思，《工人四季歌》的欢快曲调逐渐转变成一个铿锵有力的旋律。他先是用二胡奏出，接着小声哼唱，最后大家从轻声到强声唱了起来：“咱们工人有力量！嘿！咱们工人有力量，每天每日工作忙，嘿！每天每日工作忙，盖成了高楼大厦，修起了铁路煤矿，改造得世界变呀么变了样。”就这样，一首富有时代强音的工人歌曲《咱们工人有力量》诞生了。

歌曲创作出来了，是不是受工人的欢迎，还要到工人中去，“听听工人兄弟怎么说。”马可坚定地表态。

到哪个工厂试唱更合适呢？“听说佳木斯机务段有个演出队，

很活跃。”“孙大伦就在军政大学，歌唱得不错！”“好，就到机务段试唱吧！”马可一锤定音。

听了文工团团员们的介绍，大家很激动，也都打听马可是谁？“这么厉害啊！”在军政大学受训时，孙大伦了解了一些马可的经历，也会唱几首马可写的歌。就这样，大家热情满怀地说起了马可，特别是他写的《游击战歌》《太行山的呼声》等战斗歌曲。1939 年底，在地下党的安排下，马可去了延安，这也是他早就向往的革命圣地。在延安，马可进入了鲁迅文学艺术学院，从此他得到了党的亲切关怀和培养。1943 年春节，延安的文艺工作者响应毛主席的号召，掀起了火热的新秧歌运动。在鲁艺秧歌队中，马可除了编写剧本、作曲外，还参加演唱和乐队伴奏。他编的节目生动活泼、通俗易懂，受到了群众的热烈欢迎，《南泥湾》《咱们的军队回来了》《帮助军队打胜仗》等革命歌曲和《夫妻识字》《小二黑结婚》等歌剧，在延安家喻户晓。

听着马可投笔从戎的战斗经历，队员们时不时哼唱起马可的歌曲，好像马可就在身边。几十年后，孙大伦在回忆这个场面时，依然是激动不已：“马老师是在用赤诚的心为咱工人写歌，是用最美的语言来赞美工人阶级。”“既然马老师这么信任咱铁路人，咱一定要好好唱！”大家异口同声地表示。从那一天起，《咱们工人有力量》开始在佳木斯机务段唱响。开会时唱，劳动时唱，全段大会拉歌唱，走在路上唱，回家教大人孩子唱，这首歌曲成了佳木斯机务段的代表曲目，成了现在说的“段歌”。文艺宣传队越来越活跃，段里给配置了几样乐器，老孙当上了宣传队长，影响力越来越大。

马可听到这个消息后，邀请他们到军政大学唱，到工厂去唱。也就是从那时起，《咱们工人有力量》这首歌曲，发电厂的工人在唱，机务段的工人在唱，全铁路的工人在唱，全市的干部、工人、学生都在唱：

咱们工人有力量
嘿，咱们工人有力量
…………
咱们脸上放红光
咱们的汗珠往下淌
为什么，为了求解放
为什么，为了求解放
嘿嘿嘿嘿
为了咱全中国彻底解放

从亘古荒原上的那个夏天开始，《咱们工人有力量》这首歌响彻东北大地，激励铁路工人投入到支援人民解放战争的滚滚洪流中。

## 激情点燃的岁月

### “就是不给钱，也要干三年！”

沈阳解放了，铁路工人们加班加点，修复了“沈阳号”机车作为赠礼，以庆胜利；沈阳机务段加紧生产，修好了“解放号”机车作为答谢；西满铁路工人日夜加班，修复了“人民一号”机车运载部队剿匪，随后，“人民二号”机车也投入运用；佳木斯机务段的“主人号”机车出库；哈尔滨铁路工厂举行新车“工人前进号”落成典礼……东北解放区铁路到处捷报频传、激情荡漾，工厂、车站汽笛声声，厂区、家属院笑声飞扬。

那真是一个被激情点燃的岁月。面对遭受严重破坏的铁路设施、几乎陷入瘫痪的铁路运输，东北铁路管理总局党委响应毛主席、党中央的号召，决定开展群众性立功竞赛运动，发动群众恢复生产，支援前线；作为较早接受马列主义思想、有着光荣革命传统的哈尔滨铁路工人，在物质极其匮乏、生活极为艰难的条件下，在时任局长兼政委吕正操的带动影响下，喊出了“就是不给钱，也要干三年”的口号，做到了“解放军打到哪里，铁路就修到哪里，火车就开到哪里”，为巩固东北根据地，支援解放战争，做出了卓越贡献。

1946年，抗日的硝烟刚刚散去，人民解放战争的号角即将吹响。前线需要机车，需要钢轨，需要有能力指挥铁路运输的干部！

由于战乱和日本投降前的疯狂破坏，东北解放区的铁路几乎成为一片废墟。哈尔滨机务段现有的机车几乎全部“趴窝”，从各地拉回来的机车破损得无法修复。“火车头炉膛里熊熊燃烧的烈火，是火车头前进的动力。没有足够的火车头，哪能保障军用运输！”吕正操认为要恢复铁路运输，关键是让“死机车”变成“活机车”。一天晚上，他又转到了哈尔滨机务段，想听听工人们的意见。一个乘务员穿着“油包”，边干活边说：“首长，咱说一千道一万，关键是要让大轱辘转起来！”工人的话，让吕正操下定了决心：干！一定让“死机复活”起来！于是一场轰轰烈烈的“死机复活”运动率先在哈尔滨机务段开展起来。

接到任务的机修车间主任李荣久向东北民主联军派驻哈尔滨机务段的党代表宋力刚坚定地表示：“‘死机复活’是一场硬仗，就是再硬，我们也要把它啃下来！”回到车间，李荣久立即对工人们进行了动员。工人们个个摩拳擦掌，憋足了劲儿决心大干一场。为了给大家鼓劲，他们在车间四周的墙上写了很多标语口号，其中一条就是“就是不给钱，也要干三年！”

没有配件怎么办？向废铁堆要材料。工友们一起动手，把日伪时期留下的废铁堆翻个遍，凡是能修能用的配件全部捡回来加工，变废为宝，达到使用标准。缺少原材料怎么办？自己动手做，如电焊条就是用铁条自己造的，缺少氧气和瓦斯就到处找，最终在日伪飞机场找到了。为了使机车能够入库检修，大家一起上手，用十几个小时就抢修好了废置的机车大转盘，机车能安全入库了。人力不足、技术力量薄弱怎么办？问题反映给领导和军代表，上级批准从地方机械厂调入十几名机械检修工人，再加上随军来机务段的老工人等机车检修骨干，为“死机复活”充实了技术力量。不管白天黑夜，不分休班忙班，更不论段长、主任和现场工人，大家只有一个念头：多修机车，支援前线！

哈尔滨机务段是军事运输的排头兵，吕正操经常前来视察指导工作，他每次来视察，都要下车间、上机车，看望工人师傅们，嘘寒问暖。1946 年冬季的一天，他在机修车间见一位腿上绑着麻袋片的老工人正在修车，干活很吃力。他问工人有什么困难。老工人说：“吃不饱，干活没力气。一百多斤高粱米，拉家带口的不够吃。”吕正操听后心里很不是滋味。他心里清楚，铁路工人和家属，是在饿着肚子支援解放战争啊！他心里更清楚，眼下这个时候，粮食对于前线来说，实在太珍贵了。他马上驱车，向陈云同志作了详细的汇报，请求给铁路工人增加粮食。在粮食极为匮乏的情况下，陈云当即决定将铁路工人的高粱米增加到每人每月 135 斤。

党的关怀和组织的体贴，如雪中送炭，温暖着工人们的心。哈尔滨机务段的“死机复活”运动大大鼓舞了哈尔滨铁路管理局乃至整个东北全线工人的士气，“死机复活”劳动竞赛在铁道线上热火朝天地展开。牡丹江机务段工人选择破损较轻的机车入库检修，仅用了 3 天时间就抢修完成了 911 号机车，并将这修复的第一台机车命名为“工人第一号”。随后，又进行了第二台、第三台机车的抢修，一台比一台难修，最后一台机车用了半个月时间才抢修出来，共复活机车 10 台。

曾参加机车抢修的工人、哈铁离休干部白玉信在《“死机复活”的战斗岁月》里写道：“1946 年，正是生活最困难的时期。领导为我们夜班工作的人每人发给两个玉米面窝头和一小块咸菜做夜餐。修车累了，就地躺一会，打个盹，然后接着干。这样的工作状态持续了几个月才恢复了正常。”南岔机务段段长李乃林领导工人为了“复活”机车数月不回家，日夜与工人一起摸爬滚打。回到家里，孩子们几乎认不出这个“一身油包、蓬头垢面、胡子拉碴的人了”。到 1948 年，哈尔滨铁路管理局共“复活”机车 799 台，并奔赴前线。其中，“毛泽东号”“朱德号”机车就是在这如火如荼的日子里诞生的。

## “像铁牛那样不知疲倦地奔跑”

哈尔滨机务段工人发起的“死机复活”运动尚在进行中，绥化机务段的一台模范机车点燃的“铁牛运动”之火又呈燎原之势，把东北铁路的爱国主义劳模运动进一步推向了高潮。

1947 年 7 月，绥化机务段检修工人在“死机复活”运动中，经过艰辛努力，把报废的 96 号机车成功修复。之前的 96 号机车机件大部分老化，像一个得了东北地方病的老人，谁见了都打怵。翻身做了主人的火车司机杜先扬却主动提出包这台车。他和大家一起研究制定了十多项保养机车的制度和措施，利用休班时间收集零件，没有的就到报废的机车上去拆，从自己家里拿来工具，爬上爬下，连续抢修，经过几个昼夜的奋战，终于让死机复活，从此杜先扬也和 96 号机车结下了不解之缘。“96 号是老杜的宝贝，比老婆还亲。”伙计们打趣地说。前方在打仗，后方物资奇缺，擦车没有棉纱，杜先扬就带领伙计们到野外草甸子里去割草，用水泡软了来代替棉纱，每天都把车擦得铮亮。

细心的伙计们发现，解放以后，从前总是阴沉着脸的“老蔫”杜先扬的气色好了，嘴角常挂着微笑，时不时还哼个东北小调什么的，无论遇到啥事，总有一股不服输的劲儿。大部分乘务员都是新改制的，技术不熟练，杜先扬自己也是刚当司机长不长时间，经验不足，加上 96 号机车先天不良，每次出乘他都全神贯注观察线路，熟悉断面，加上十二分的小心，确保列车趟趟正点。1948 年，哈尔滨铁路局学习苏联经验，推行“大开汽门，高提手把”新操纵法，很多乘务员面露难色，有顾虑，怕出事故造成不良影响。杜先扬又站了出来:“路都是人走出来的,不下河试一试,怎么知道水深水浅?咱开火车的，就得有股子牛劲儿！”他带头实践，精心揣摩，很快掌握了新的操纵方法。当年 12 月 17 日，96 号机车牵引开往南岔的 237 次列车，一路奔驰，汽笛高歌，技术速度达到了每小时 40 公里。现在看那是“牛车”的速度，可是在当时的中国铁路不能不说是一个奇迹。有这股子牛劲的杜先扬刷新了一个新的纪录，站在了一个新的起点上，“铁牛”的雅号也开始越传越远。

96 号机车成了全段的开路先锋，杜先扬带领伙伴们多拉快跑，屡建奇功，包乘 18 个月安全走行 10.6 万公里。按规定，机车每行走 3.5 万公里就要进行甲检，96 号机车突破了三个甲检期，节约检修费一亿多元（当时的东北币）。

绥化出了个“牛”大车，这消息不胫而走。1949 年 2 月 15 日，绥化机务段召开庆功大会，正式命名 96 号机车为“铁牛号”机车。又过了一个月，东北行政委员会铁道部长吕正操发出通令，给“铁牛号”机车组记特等功一次，颁发奖旗、奖状，奖励两个月的工资。两个多月后的 5 月 1 日，杜先扬代表机车组出席了东北铁路首届职工代表及劳模大会，“铁牛号”荣获集体一等功，杜先扬被评为特等英雄。大会号召东北铁路学习“铁牛号”经验。从此，东北铁路

↑ 1949 年 2 月 15 日，绥化机务段召开庆功大会，正式命名 96 号机车为“铁牛号”机车。

18 万职工积极投入到“铁牛运动”的洪流中来。一年多时间，东北铁路局就有 10979 名个人获得“铁牛队员”称号，2374 个集体荣获“铁牛号”单位称号。时任铁道部部长滕代远指出：“铁牛号”不仅是东北铁路的旗帜，也是全国的一面旗帜，要在全国推广。从此，一场轰轰烈烈的“铁牛运动”迅速从东北铁路的机务系统扩展到了全国铁路的各行各业，一批批“铁牛”养路工区、“铁牛”信号工区、“铁牛”检车工区、“铁牛”客运班组等不断涌现，“铁牛”精神遍地开花。

1950 年，伴随着“雄赳赳、气昂昂，跨过鸭绿江……”的雄壮歌声，“铁牛号”机车奔赴朝鲜前线，并屡立战功。停战后，经政务院批准，“铁牛号”留在了朝鲜的土地上，成为中朝两国人民友谊的象征。时隔近 40 年后，由司机长宋国才包乘的前进型 3245 号蒸汽机车换型为前进型 6800 号蒸汽机车，经铁道部、哈尔滨铁路局正式批准，这台机车被命名为“铁牛号”。1987 年 10 月 31 日，原绥化机务段于“铁牛运动”发起 40 周年之际，修建了“铁牛运动”纪念碑。铁道部原部长、全国政协副主席吕正操为之题词：“铁牛运动发源地”。这座纪念碑现矗立在绥化机务段的老段址上。

## 鲜花送模范

支援前线的热潮波澜壮阔；劳模运动、生产立功竞赛轰轰烈烈；

劳模大会、群英大会相继召开，点燃了工人们翻身做主人、保卫胜利果实、珍惜幸福生活的热情。

1946 年 10 月 10 日，西满铁路局召开群英大会开幕典礼，到会铁路员工及各地劳动英雄共 5000 余人。

那天，齐齐哈尔的天气格外好，天蓝蓝的，云淡淡的，深秋的风刮得清清爽爽。铁路俱乐部被打扮得特别漂亮，墙壁周围到处悬挂着巨幅标语："劳动英雄是建设铁路的火车头！""向劳动英雄学习，向劳动英雄致敬！"……俱乐部大门两旁彩旗林立，数百名铁路青年工人列队夹道欢迎英模入场，锣鼓喧天，口号震天，每个人的脸上都洋溢着笑容。

会场内彩旗招展，中共中央东北局西满分局书记李富春为大会的题词"向劳动英雄看齐"悬挂其中，欢快的乐曲让人振奋，铁路局马钧、黄铎、郭维城等领导挨个和劳动英雄握手祝贺。劳动英雄们身披授带、胸带大红花坐在最前排。

当马钧局长宣布："大会开幕。希望员工们百倍努力，向英模看齐，多生产、多工作，支援前线，使自卫战争获得胜利，中国早日实现和平！"会场内掌声、口号声震耳欲聋，喜庆的气氛达到高潮。

黑龙江省政府主席于毅夫的讲话热情洋溢，黄铎副局长的讲话激励着斗志，郭维城副局长兼西满铁道护路司令员手臂一挥，鼓励大家说："真正的状元在我们铁路出现了，希望人人都能当状元！"掌声、口号声震撼人心。

西满铁路局英模大会影响很大，刚刚来到齐齐哈尔采访的美国记者安娜·路易斯·斯特朗女士闻讯也来到会场。与会的英模和员工们十分热情地欢迎斯特朗女士的到来。当斯特朗女士款款走上主席台时，全场响起来了热烈的掌声。

斯特朗女士高度赞扬了铁道战线上的英雄们所创造的辉煌业绩。她说："这是你们对中国人民解放事业的巨大贡献，也是对保卫世界和平的巨大贡献！"

自 1946 年 11 月 14 日至 1947 年 12 月，东北铁路管理总局以及哈尔滨铁路管理局、哈尔滨铁路总工厂等相继召开了劳动英雄与劳动模范工作会议、群英大会、劳模大会等。1948 年 8 月 1 日至 22 日，第六次全国劳动大会在哈尔滨市举行，出席会议的有解放区和国统区的工人代表 500 多人。李立三致开幕词，陈云作了题为《关于中国职工运动》的报告。大会倡议，各解放区职工义务献工一天，作为斗争基金。哈尔滨 10 万工人积极响应，铁路工人热情地投身其中。哈尔滨铁路管理局的胡景祥、杜广森、郭树德等 30 名代表参加了这次盛会。会议期间，全体代表乘火车环游哈尔滨一周，并参观了哈尔滨铁路总工厂。牵引着这趟劳模"专列"的就是"毛泽东号"机车，司机是哈尔滨机务段劳动模范李永。

劳模运动不仅储备了力量，也为人民铁路输送了大批优秀干部。1948 年 11 月，东北全境解放，人民解放军挥师南下，中共中央决定从东北老解放区选派一批优秀干部，充实到刚刚解放的南方地区，

⊙ 陈列在哈尔滨机务段段史馆的第六次全国劳动大会纪念章。

以巩固人民的胜利成果。这批人后来大多在当地担任领导职务，这就是历史上称为的“南下干部”。从此，人民铁路的火种燃遍了祖国大地，铸造了新中国铁路的中流砥柱。

## 划破长空的笛声

1946年，“死机复活”运动正开展得如火如荼。一天，哈尔滨机务段的工人们把被日本人炸毁的一台304号机车从肇东站拖回段里。仔细检查后，发现机车的风泵、水泵、电机都没有了，连锅炉外皮也被剥光，只是司机室两侧“304”的字样还依稀可见。一个老工人突然叫了起来：“这是小日本在大连沙河口生产的最后一台机车！”

这时，驻段党代表宋力刚挤了进来，站在机车的走台上大声说：“工友们，日本侵略者被咱们打跑了，咱们修好这台车，再去打垮蒋介石！”

工人们被宋代表的话深深打动了，群情激昂，架修库里热火朝天。经过27个昼夜不停的检修，终于把“304”号修好了。

“给这台机车起个什么名字呢？”宋力刚冥思苦想，这个名字既能鼓舞人心，团结抗敌，又要听着大气磅礴、气宇轩昂。于是，他对整备司机陈捷三、段工会武装委员于振江说了自己的想法。

“对呀，得起一个叫得响的名字，你说呢？”陈捷三兴奋地捅了捅于振江。

于振江搓着手说：“咱们就起一个让敌人听着害怕的名字！”

“共产党是领头人，就像车头带动列车。火车头很有象征意义，如果创建一个‘毛泽东号’机车，树立一个火车头旗帜，象征着咱解放军、工人阶级、广大人民群众，在共产党毛主席领导下勇往直前。”宋力刚说得很激动。

“这个名字好，最能表达咱们的心愿。过去是亡国奴，现在当家作主人，毛主席是咱们的领袖啊！”机修主任李荣久不知什么时候站在他们面前。

“对，就叫‘毛泽东号’!”大家精神振奋，喊出了同一个心声。

于是，局长刘居英接到宋力刚《关于申请把304号机车命名为“毛泽东号”机车的报告》后，他立即上报东北铁路管理总局，陈云很快批复：同意。

这是一个注定要载入中国近代民族工业史册的大事件，一个注定要载入中国铁路史的庄严时刻：1946年10月30日。

这一天，哈尔滨机务段机车出库的铁道线上，并排停放着两台被擦得铮明瓦亮、挂着大红花的机车。毛泽东主席、朱德总司令的头像分别高挂在两台机车的头部。经中共中央东北局批准，东北铁路管理总局命名的“毛泽东号”“朱德号”机车在哈尔滨机务段正式诞生！

东北铁路管理总局哈尔滨分局局长刘居英宣布了命名决定之后，东北铁路管理总局局长兼政委吕正操发表讲话：“这两台机车，必将成为代表工人阶级革命力量的英雄机车，以此去扩大我党在东北解放区的影响，鼓舞我们军民的士气，更好地支援全国的解放战争！”

随着吕正操“出发”的一声令下，两台伟人号机车同时拉响了汽笛。笛声盘旋在松花江上空，激荡在人们胸中，震撼着东北大地。时任东北民主联军全权军事代表宋力刚在1990年的一篇回忆文章里写道：“当汽笛拉响的那一刻，我们都热血沸腾，在场的每个人都哭了……”

## 陈希友拉响了“朱德号”第一声汽笛

2006年8月，在庆祝“朱德号”机车命名60周年前夕，我受命采写“朱德号”机车组的故事。86岁高龄的陈希友老人回忆起这段往事时，依然心潮澎湃。1946年10月30日，在“毛泽东号”和“朱德号”机车命名仪式上，25岁的“朱德号”首任司机长陈希友身披绶带，激动地登上驾驶室，拉响了“朱德号”第一声嘹亮的汽笛。

在老人的讲述中，冒死完成特殊任务，显得那么恬淡自然，他轻轻地哼唱起当年唱过的那首老歌：

① 在解放战争的炮火中，“毛泽东号”机车与“朱德号”机车比翼齐飞，穿越枪林弹雨，开展降低成本提高生产效益的劳动竞赛，冲锋在前，多拉快跑，书写着中国火车头传奇。

路程在我们面前缩短，
我们绝不错过时间，
不管黑夜，
不管早晚，
火车吼叫着，
一直、一直
一直地冲向前
…………

1946年秋，为防止敌人利用铁路北上，陈希友接到密令立即开车到陶榆线（陶赖昭至榆树）上执行铁路破坏任务。为了躲避敌机轰炸，列车以树枝为掩护，走走停停，停停走走，直到下午才到达接近敌占区的五棵树附近。趁没有敌机空中扫射，他们以此为起点向陶赖昭方向进行铁路破坏。接近天黑，陈希友开着机车，疯也似的拉着扒道机往前开，瞬间铁路就被扒道机钩了个底朝天，道钉、钢轨噌噌窜起火光，杂草和树毛子与腾空而起的灰尘，就像一条土龙翻滚。火光被敌人发现，还没等陈希友他们到达陶赖昭，一架敌机嗷嗷叫着就追了上来，嗖嗖的子弹打得机车帮子咣咣作响。他们只好下车躲进附近山洞里，伺机再动。

提起这次经历，86岁的陈老很是淡然。“这次差点儿就没能活着回来。”陈老说，“那个年代，火车就是作战的武器。像这样从敌人枪口下逃生，几乎就是家常便饭。”

1947 年 1 月 1 日，东北铁路管理总局授予“朱德号”机车组“开路先锋”称号。1947 年 4 月 30 日，为庆祝红五月，向朱德总司令和人民解放军献礼，哈尔滨铁道总工厂的职工修复了解放型 1191 号机车。经东北铁路管理总局批准，“朱德号”机车进行了第一次换型。此后，在三下江南、四保临江中，“朱德号”机车冲破重重封锁，迎着炮火运送军用物资，驰骋在东北战场上。

## “这是铁路工人的光荣”

当然，让陈老一生难忘的还是 1947 年 5 月 1 日，这天他参加了哈尔滨人民声势浩大的庆祝五一劳动节的活动。

哈尔滨解放于 1946 年 4 月 28 日，三天后的这个五一节并没有人们想象的那样隆重，一切百废待兴，城市还未在战争中苏醒。而 1947 年的五一劳动节成为哈尔滨至今规模最大、人数最多的一次庆祝活动。陈希友和伙计郭树德牵引“秧歌剧专列”绕城一周，到哈尔滨站、香坊站、滨江站和三棵树站巡演。

这是哈尔滨解放后的第一个大规模的庆祝活动，哈尔滨市共有 12 万多人参加。人们高举毛主席和朱总司令的画像以及各种条幅走上街头。专列披挂一新，神采奕奕，汽笛高亢。所到之处沿途群众欢欣鼓舞，在车站和线路两旁扭着秧歌，欢送列车经过。专列在四个车站演出了五场，每到一个车站都受到了热烈的欢迎。

庆祝活动持续高涨。第二天上午，哈尔滨总工会组织了一万多人参加的“大劳军”活动。为感谢哈尔滨市人民对民主联军的劳军，民主联军特意在总政治部门前列队，举行了欢迎大会。工友、店员等社会各界代表纷纷登台发言，“朱德号”机车的司机长郭树德在发言中说表示：“我们要加倍努力生产，开好火车头，用行动支援前线！”民主联军的战士们也用排山倒海般的口号回应：“誓死保卫工人的翻身果实！”

“朱德号”担当秧歌专列牵引机车出发前，《东北画报》的记者拍摄下陈希友、郭树德在机车头前挡平台上的喜悦情景。这期珍贵的《东北画报》现陈列在哈尔滨机务段段史馆“朱德号”机车展室里。

“毛泽东号”“朱德号”机车诞生在那个被激情点燃的岁月里，共同驰骋在东北铁路线上。在哈尔滨机务段段史馆，有这样一张照片吸引着人们的目光：1948 年 5 月 1 日，“毛泽东号”和“朱德号”机车齐头并肩停在机务段的到发线上，两个机车组的乘务员或站立或席地而坐合影留念，人人脸上荡漾着笑容，充满了自豪。据说，这是两台领袖号机车自诞生后的第一次“聚首”，也是服役时的唯一一次“合影”。1949 年 3 月，“毛泽东号”机车奉命入关，司机长、老英雄李永，特等英雄郭树德随车入关，而“朱德号”机车继续在哈尔滨局服役。后来它们再相聚已是在北京的中国铁道博物馆东郊馆铁路机车博物馆里，而此时，这些老式蒸汽机车都已经退役。

# “给新中国铺下一条前进的道路”

## 抢修陶赖昭松花江大桥

1948年10月，东北大地已经是天寒地冻。24日上午，松花江下游的陶赖昭松花江铁路大桥上旗帜飘扬，巨幅的毛泽东和斯大林画像在冬日下格外醒目。中共中央东北局举行的“陶赖昭松花江大桥通车庆典”正在进行。陈云、吕正操等中共中央东北局、东北野战军、东北铁路管理总局领导以及苏军要员出席庆典仪式。陈云回顾了艰苦的抢修历程、大桥通车后的战略意义，高度赞扬了铁道纵队官兵、铁路员工及支前民工为东北解放作出的巨大贡献。最后，他深情地说：“陶赖昭松花江大桥的修复，为东北人民修通了一条胜利之路！”全场掌声雷动，经久不息。“呜——”一列等候在大桥北侧的军列汽笛长鸣，在数千人的欢呼声中驶上大桥，呼啸着奔向前线。

中东铁路支线（哈尔滨至长春，后称为哈长线）上的陶赖昭松花江大桥，是哈尔滨通往长春的必经之地，也是东北沟通关内关外的重要桥梁。1946年5月，为阻止国民党军向松花江以北地区进犯，我军曾以最难修复的方式将大桥炸毁。1948年初，人民解放军在东北由战略防御转为战略进攻。为了全力支援东北野战军歼灭长春守敌，全面展开辽沈战役，中央军委决定成立铁道纵队，立即抢修被炸毁的陶赖昭松花江大桥。刚刚入列不久的铁道纵队三支队和哈尔滨、三棵树等5个工务段组成抢修大军，仅用不到三个月的时间，就将大桥修复通车，从而使新老解放区铁路连成一片。

“解放军打到哪里，铁路就修到哪里”的铿锵誓言后来被广泛传颂，成为中国铁路精神之一。据统计，从1946年末到1947年6月，哈尔滨、齐齐哈尔、牡丹江铁路局通车线路达到6611公里，占东北铁路的69.6%。到1948年底，东北各铁路线全部恢复通车。

## 苦战北黑线的145天

为了修复和守护这一条条“胜利之路”，东北军民付出了沉重代价，甚至是流血牺牲。几个月后，比抢修松花江大桥更加艰苦的战斗在北黑线（北安至黑河）300多公里的铁道线上打响。哈尔滨铁路员工发出了响亮的战斗誓言：“给新中国铺下一条前进的路！”

1949年1月，北平、天津解放以后，为支援解放大军迅速南下，急需修复被国民党反动派破坏的关内铁路。中央军委铁道部向东北铁路管理总局下达了收集铁路器材的紧急命令，每天至少要保证20车钢轨等器材进关。

军令如山，可是何其之难。日本帝国主义早在无条件投降之前，就对东北铁路设施进行了全面破坏；苏联红军撤走时把部分通往苏联边境的铁路拆除，将机车、车辆、通信信号和上水设备拆走；后来，国民党飞机狂轰滥炸，致使铁路设施千疮百孔，运输生产完全瘫痪。

国家需要，民族危难，哈尔滨铁路员工义无反顾地开展了一场轰轰烈烈的收集铁路器材运动。从机关干部到沿线工人、家属，人人都紧急行动起来。他们从线路两旁的壕沟里、从车站的废墟里、从山头原来敌人的工事里、从铁路沿线的村屯里找回了大批铁路器材。从1949年春节开始，满载着修路器材的列车源源不断地开往关内。

著名作家杨朔创作的长篇小说《北黑线》（刊载于《人民文学》1950年第一卷第五期），讲述了1200多名哈铁人苦战北黑线145天的故事，这是汹涌澎湃洪流之中的一个缩影。

那是一场怎样的战斗啊！杨朔记录了当时的情景：

这许多人，头发胡子两三寸长，乍一看简直变成黑河深山里过着原始生活的人了。你瞧他们：光着膀子，脊梁晒爆了皮，像泥土色，肩膀叫铁压出块黑死肉，拿刀拉都拉不动。鞋呢，早烂了。都赤着脚，怕草深扎脚，就绑块破鞋底到脚掌上。他们并没有什么惊人的地方，但是不怕苦，不怕牺牲，为了支援战争，建设国家，全身的力量都拿出来。一个人这样，千百个人这样，这就变成无敌的开路先锋了。当天傍晚，写在宿营车上的黑板报又出来了：潘家贵等二十四人一天超过四十三人所做的活！原先一天运一百二十四根铁、五百根道木，现在却运了一百四十二根铁、七百五十根道木。过分紧张的劳动后，自然累，可是大伙还唱呢……

“几个月来，全线一千多工友，风吹雨打，都变黑了，黑的像铁。他们的思想意志跟创造力，磨炼得不也像铁？”杨朔这样评价在北黑线苦战的铁路人。

在145个日日夜夜里，铁路人克服困难，自己动手就地取材，上山砍木头做锹、镐把，自己编土篮子。没有运输车辆，就用货车的两根轴，绑上枕木和钢枕制成简单的平车子。他们还立起烘炉，修理镐、钎等工具。北黑线上14座桥都被炸塌了。工人们上山伐木，搭枕木垛修成临时便桥。工人们在东北大后方一边向南运送收集的各种铁路器材，一边拆除线路。大家夜以继日地劳动，不断加快运送的速度。为了使关内战友使用方便，他们把生锈的螺丝都上好油，每200个装入一个草包，足够50节钢轨使用。鱼尾板每4块捆在一起，正好够一节钢轨用，最终胜利完成了修撤北黑线的任务，受到了东北铁路管理总局的通令嘉奖。在这一艰巨的工程当中，共有

1046 名员工立功受奖，80 人光荣火线入党，还有 108 名工人被选拔为干部。

一边要收集废旧材料，一边要修复被破坏的铁路，以便把这些物资运出去。为了抢时间，工人们干活不分钟点，早晨天一亮就开始干，晚上点着“嘎斯灯”还干。当抢修到小兴安岭时，给养上不去了，没办法，大家就到附近山上老乡家买了苞米粒子煮着吃。“吃的不像吃的，穿的不像穿的，但是没有一个发牢骚讲怪话的，有个头疼脑热，照样上工。”大伙心里都在想：咱们受了 14 年小鬼子的气，现在干活是为了建设自己的国家，为啥不卖力气呢？

这是一个值得庆贺的日子，一个让日夜苦战北黑线的英雄们足以骄傲的日子，一个中国铁路必将载入支援人民解放战争史册的日子：1949 年 7 月 15 日，简朴而隆重的表彰大会在北黑线的一个小站上举行。“照相、奏乐、开大会，这个热闹啊！”因为，从这天起，被战后丢在荒山野岭里的三百多公里铁路器材，二十几台机车，四百六十多辆客货车，还有大量的器材、设备和生产工具，从此才真正成为中国人民的财富，昔日的“弃儿”将成为今天的“宝贝”。它们将通过火车源源不断地运到关内去，在战争硝烟渐渐散去、艰苦的建设时期即将到来的时刻，给新中国铺下一条前进的路！

# 冒着敌人的炮火，前进，进！

## 前线军火告急

东北铁路作为人民解放战争的坚强后盾，对前线的支援是全面、全方位的。为了民族解放，迎接新中国的曙光，铁路工人们勒紧裤腰带，冒着生命危险，抢修被炸坏的线路和设备，经常是敌机刚刚飞走，大火未灭，硝烟未散，有的炸弹还没有爆炸，顽强的铁路工人和英勇的员工家属就冲了上去，抬钢轨，扛枕木，挑沙子，填平弹坑，铺设线路。想起这段日子，老将军吕正操在回忆录中深情地写道："特别是由北安、昂昂溪、哈尔滨、吉林等后方机务段组成的特别运输队的乘务员们，告别父母和妻子的时候，没说到什么地方去、去干什么，没想是否能回来。他们只说一句：'这次出乘日子长，不用惦记。'拎起饭盒就走。"

前线军火告急！

辽沈战役异常激烈，亟待军火补充！

## 范永临危受命

1948 年 9 月 25 日晚上 10 点多钟，一个胡子拉碴、戴着草帽、背着粮袋的人走出了哈尔滨站。他像是一个迷了路的流浪汉，绕道铁路医院右侧的银行街，才抬起头来看看眼前的这个门头，大和旅馆（现哈尔滨龙门大厦贵宾楼）到了。

一进门，便有一位解放军军官迎了上来，“是范永同志吧，请跟我来。”经过党多年培养的范永深知党的纪律，并没有多问，随着解放军军官登上二楼，进了 208 房间。

房间中，东北野战军总部和东北铁路管理总局的几位首长，热情地接见了这位来自齐齐哈尔铁路局昂昂溪机务段的司机长，并向他部署了一项秘密的军运任务。

东北人民解放军根据毛主席攻锦打援的作战方针，将主力部队从长春、四平地区南下，越过沈阳插到锦（州）榆（山海关）段，包围了兴城、沙后所、绥中的国民党军，切断了华北地区国民党军队增援锦州的陆上交通。同时，人民解放军包围了义县，断绝了锦州与义县国民党军队的联系，并于 1948 年 9 月 12 日攻克了昌黎，揭开了辽沈战役的序幕。

留守在长春、沈阳、锦州地区的国民党军队各自呈孤立之势，他们知道人民解放军大兵团调动业已完成，预感到灭顶之灾的到来。为了挽救其灭亡的命运，蒋介石亲临沈阳指挥，一面调动关内部队和沈阳主力驰援锦州，一面靠空中优势疯狂轰炸我西线铁路、公路，妄图切断我后方运输线。9 月 19 日以后，蒋军飞机昼夜出动，轮翻轰炸郑家屯、通辽、彰武、新立屯一线，使我军火列车、汽车不断被炸。敌机还飞到白城子、齐齐哈尔、昂昂溪上空盘旋、扫射，窥视东北野战军的军火列车。

东北野战军的一位首长先开了口："范永同志，辽沈前线的战斗异常激烈，急待军火补充啊！"

"是啊，范永同志。"东北铁路管理总局的一位首长接着东北野战军首长的话说，"现在，由我具体向你下达这次秘密军运任务。这次任务关系到整个辽沈战役的大局，只能成功，不能失败。"

东北铁路管理总局的首长停了一下，走到范永跟前说："由于国民党军队正在疯狂轰炸铁路运输线，我方已有 8 列军火列车被炸。这次就是要趁着敌人大轰炸后出现的一段空隙，把一列军火抢运上去。"

"对，一定要把军火抢运上去！"东北野战军首长插话说，"为了配合这次行动，野战军总部决定，一是前方还要打几个大仗，吸引敌人的火力，二是军列运行途中有部队掩护和配合。"

"这趟秘密军火列车的代号是：3005，保密，保密，比生命还重要！"

⊙ 昂昂溪机务段司机长范永。

## 勇士慷慨出征

次日，天刚蒙蒙亮，寂静的昂昂溪站内，一列由32节车辆编组的货物列车整装待发。机车前，昂昂溪机务段司机长范永率包乘组一行16人列队整齐，军代表洛刚与包乘组人员一一握手送行。

洛刚威严地注视着大家，加重了语气："同志们，锦州外围战斗已经打响，前线急需弹药。沿途会有敌机轰炸。东北野战军、总局首长要求你们要机智勇敢，排除万难，坚决完成任务！"

范永上前一步，立正敬礼："报告首长，人在车在，不管遇到什么困难，一定要把车开上去！"

昂昂溪机务段人事股长兼列车党支部书记穆成斌坚定地说道：“3005 次列车包乘组 16 名同志 15 人是党员，人在车在，必要时，宁可牺牲自己，也要保证列车的绝对安全！”

太阳还没有升起，随着一声令下，1195 号机车默默地牵引着 3005 次秘密军火列车踏上了征程。它将一路南下，从齐平线（齐齐哈尔至四平）直插大郑线，经白城、四平、郑家屯、彰武、五峰、昌图，直达西阜新前线。

## 穿过枪林弹雨

彰武火车站。夜色下，范永全神贯注地驾驶着 3005 次列车呼啸而过。空中，国民党的飞机尾随列车俯冲扫射，列车后部车厢上留下了一排排弹孔。

危急时刻，铁道旁公路上突然出现了一行汽车灯光，是汽车兵前来掩护列车安全运行。空中的敌机立即转弯向汽车灯光方向飞去。不一会儿，公路上的十几辆汽车被敌机炸得火光冲天。

郑家屯调度楼内，廖诗权、尹诗炎两人焦急地来回踱着步。调度报告：“彰武、彰武，3005 次安全通过，可是，掩护列车的汽车连 5 人牺牲、7 人受伤……”

五峰火车站。3005 次列车停车待避。运转室内，值班站长一筹莫展地对穆成斌、范永说：“五峰是小站，没有上水设备，距前方新立屯站还有 40 公里，怎么办？”

穆成斌说：“我是 3005 次列车党支部书记，党支部决定向当地老百姓借水桶，自己挑水给机车补水。”值班站长一展愁眉，高兴地说：“好，我来办！”

站台上，包乘组人员、押运的铁道纵队战士、车站值班人员、老百姓，挑水的人流一路小跑，挑的挑，抬的抬，一片忙碌。

忽然，值班站长跑来，一边摇着手铃，一边急促地呼唤：“3005 次列车，敌机来了，调度命令马上开车，去前边隧道隐蔽！”穆成斌命令范永：“快，停止上水，马上开车！”

机车的炉门飞快地一开一合，司炉光着膀子拼命投着煤，炉膛内火焰翻腾，小伙子汗流浃背。范永坐在驾驶室司机位置上，大开汽门，手握闸把，沉着冷静地驾驶着机车。车窗外，机车的浓烟迅速地向后飘去。敌机投下的炸弹不时地落在铁道两侧，列车在弥漫的硝烟中疾驰前行。

范永将头探出窗外，远处的山坡下隧道渐近。范永转回头，关闭汽门，立即将闸把手柄推向非常制动位置。

隧道上空，两架敌机盘旋着疯狂扫射、投弹，铁道两边山坡上火光冲天。列车轮对因非常制动冒着火花一节一节地钻入隧道，敌机的子弹射到了车尾后边的线路上，击起一股股飞扬的火花和尘土。

10 月 1 日深夜，3005 次列车从新立屯站出发，打响了突破敌人封锁线的攻坚战。列车一路飞驰，到昌图后，突然响起敌机俯冲的嘶叫声和机关炮的射击声。列车猛地刹车，大家为之一惊。还没等大家回过神儿来，列车又开动了。原来，这是范永在和敌机打“游击战”：敌机来了，机车多添点煤，往那一停，冒一股黑烟，然后趁着黑烟没有散去再往前跑一段路。3005 次列车就这样时快时慢，时开时停，巧妙地与敌机周旋。公路沿线，我军汽车开着大灯行进，引开敌机，掩护军列前行。

就这样，在地方和部队的大力协助下，3005 次列车昼伏夜行，时而向前猛开，时而停车隐蔽，经过 4 昼夜的艰难行程，10 月 2 日凌晨 5 时终于胜利开进了西阜新车站。

当 3005 次列车出现在锦州前线时，全军欢声雷动。火车刚刚停稳，数千人马就蜂拥而上，1700 吨弹药不到 30 分钟就卸了个精光。这一列车弹药，让攻打锦州的东北野战军如猛虎添翼；这一列车弹药，让东北野战军合围了廖耀湘兵团，解放了沈阳，取得了辽沈战役的伟大胜利。

东北铁路管理总局从 1948 年 9 月 12 日辽沈战役开始到 10 月 20 日战役结束，38 天内共开行军列 600 多列，运输支前物资 58 万吨，在人民解放战争史上留下了浓墨重彩的一笔。

## “这是铁路工人的功劳”

为表彰 3005 次列车为攻克锦州所作出的巨大贡献，1948 年 11

月，东北铁路管理总局在齐齐哈尔召开大会，吕正操亲临会场。东北行政委员会给 3005 次列车包乘组全体人员记集体特等功；第四野战军赠送“3005 次英雄列车”锦旗一面。《东北日报》在第一版显著位置刊发了题为《齐铁昂昂溪 3005 次列车胜利完成重大军运》的报道。

1949 年 5 月，范永代表机车组全体成员出席了党中央在北京召开的解放战争特等功荣获者群英会。在香山，范永受到毛主席的接见，代表铁路职工向毛主席致敬。毛主席握着范永长满老茧的手说：“这是铁路工人的功劳！”第二天，范永在中南海怀仁堂近两千人参加的汇报会上作报告。“当我讲到劲头上时，毛主席带头鼓掌。我一下子讲了 48 分钟，当我从台上走下来时，毛主席紧紧地握着我的手说：‘铁路工人做了一件大好事。’我请毛主席在我的笔记本上签了字。”拿到毛主席的签字后，回忆起炮火硝烟的征程，范永百感交集，泪如雨下，久久不肯离开，一股暖流涌遍全身。

这股暖流从北京传到东北，从范永传递到工友，激励着范永和他的伙计们勇往直前。朝鲜战争爆发后，他们以“抗美援朝、保家卫国”为己任，在异国土地上，分别牵引代号为“03”“05”的特级军火列车把“喀秋莎”火箭炮和炮弹送到前线。当晚，阵地上一片漆黑，在朝鲜牡丹峰山洞的朝鲜劳动党会议室里，中国人民志愿军司令员杨勇、政治部主任甘泗淇和朝鲜劳动党中央委员会副委员长朴正爱接见了范永。甘泗淇宣布了中国人民志愿军总部和朝鲜人民最高委员会的决定：给范永记一等功一次，授予朝鲜民主主义人民共和国一级国旗勋章。

1994 年，哈尔滨铁路局在昂昂溪机务段建立起 3005 教育基地，并为英雄们塑像立碑。吕正操将军欣然题词：3005 精神永放光芒。

# 人民铁路的第一批工匠

新中国刚刚诞生，百废待兴，国家建设方兴未艾；朝鲜战争爆发，抗美援朝烽火连天。在解放战争中勇当开路先锋、屡建奇功的东北铁路员工，劳动创造力像地下岩浆一样迸发出来，旨在传承“死机复活”运动、“铁牛运动”精神的又一爱国主义劳动竞赛——“满超五”运动风生水起。期间，一大批先进工作法应运而生，人民铁路的第一批工匠由此诞生。

“满超五”是东北铁路学习苏联经验并与中国铁路实际相结合，由中国铁路工人创造的一种全新的工作方法。“满”，即“满载装车法”；“超”，即“超轴操纵法”；“五”，就是“机车日均走行500公里”。现在看，这些都不算什么。但是，对当时来说，这些工作法却是响当当的。哈尔滨站司磅员、“满载装车法”的发明者杨茂林，苏家屯机务段“青年先锋号”司机长、牵引定数超轴法的开发者郑锡坤，昂昂溪机务段1195号机车组司机长、机车日均走行500公里的旗手王吉奎，成为“满超五”运动的先驱。

当年范永驾驶3005次秘密军火列车的机车是昂昂溪机务段1195号机车；而“五百公里”的旗手王吉奎司机长驾驶的也是昂昂溪机务段的1195号机车。这就应了那句话：“是英雄，总是冲在最前头！”

当年，昂昂溪机务段根据实际情况，决定推行高速行车的方案，要求每台上线机车日均走行500公里。许多人认为那是不可能的事儿，说：“一趟跑那么多公里，人不顶壳，机车也架不住。”可1195号机车司机长王吉奎不听那个邪，对伙计们说：“咱们带个头，跑出500公里，打响头一炮！”

乘务中，王吉奎和伙计们精心操纵，认真瞭望；争分夺秒，休人不休车；别人不愿跑的交路，他们主动跑；别人不愿干的活，他们抢着干。

“超劳不叫苦，勇当排头兵”，成为1195号机车组的口号。有一天，王吉奎发现由于机车跑得快，颠簸震动大，锅炉火箱中的耐火砖容易脱落，影响煤的燃烧，降低蒸汽升腾。他就和伙计们反复琢磨，多次试验，终于想出了一个好办法，即利用机车落火洗检时间，到苇塘里挖黏泥，糊在耐火砖上，经过高温加热，耐火砖与黏泥烧结为一体，跑起来一块耐火砖也不掉，保证炉火旺旺的，水汽足足的，机车有劲，一路飞驰。为了实现“循环运输交路”，他们在途中加强联系，利用站停时间做小修活、给油、更换大轴干油。

王吉奎和伙计们的行动感动了检修师傅，他们也带着器材、工具，不等机车入库，就跑到车站检修机车；负责燃料整备的工友们背着沙子，扛着清灰工具，到车站整备机车；遇到紧急折返，上煤就用大铁锹甩、麻袋扛、大筐背，实现了机车快速折返“一条龙”。

功夫不负有心人。5 月上旬，王吉奎和伙计们连续 3 趟交路日均走行都达到 500 公里。6 月 11 日，王吉奎和伙计们再创日均走行 722.3 公里的全局最高纪录。王吉奎成为“五百公里运动”的旗手，荣立大功两次、小功两次。当年 9 月，王吉奎作为东北铁路劳模代表，出席了全国工农兵劳模代表大会，见到了毛主席，并与朱总司令合影留念，同时被授予“全国劳动模范”称号。

1952 年 5 月，铁道部、铁道部政治部、中国铁路总工会和铁道团委综合近年来开展生产劳动竞赛的经验，联合发出了《关于开展满载、超轴、五百公里运动的决定》。一个以“满载、超轴、500 公里”为中心内容的群众运动从此在全国铁路轰轰烈烈地开展起来，一批新中国铁路工匠如雨后春笋般崭露头角，一些先进的工作方法不断被创造出来。如沈阳站调车员李锡奎创造的李锡奎调车法，齐齐哈尔车站副站长徐良辰创造的徐良辰行车组织法，哈尔滨车辆段工长白晓生创造的白晓生系列修车作业法，齐齐哈尔分局调度所女调度员孙孝菊创造的孙孝菊行车调度工作法，昂昂溪机务段司炉孙士贵创造的孙士贵焚火法，长春工务段工长郭春林创造的加强预防性计划维修的先进养路法等。

“满超五”运动和铁路工人的创造精神，引起了党中央的高度关注。1952 年 7 月 5 日，周恩来总理写信给中长铁路理事会，对工人们的劳动创造予以充分肯定：“在推广铁路先进经验和开展爱国主义劳动竞赛的过程中，实现了中长铁路成为效率高、成本低、利润大的模范铁路与培养中国干部的学校的目标。这对促进全国铁路的管理有着巨大的作用。”

# 最后一座铜像

## 毛主席为纪念塔题字

1952 年 12 月 31 日，这个看似平常的日子必定要载入中国铁路和中国工业革命的史册。这一天，中东铁路结束了它长达半个多世纪的历史；这一天，中国长春铁路（简称“中长铁路”）结束了中苏共同经营两年零八个月的历史，真正回到了中国人民的怀抱。

为了这一天，许景澄、詹天佑等为路权据理力争；刘少奇在东北组织铁路工人大罢工；铁路工人四次火烧“大石头房子”，和沙俄统治者进行着不懈的斗争。

为了这一天，沐浴着新中国的曙光，人民领袖毛泽东和政务院总理周恩来先后率中国政府代表团抵达莫斯科，在克里姆林宫与苏联签订了《中苏友好同盟互助条约》，同时签订新的《关于中国长春铁路、旅顺口及大连的协定》。根据这个协定，从 1950 年 5 月 1

日起至1952年12月31日止，中苏共同经营中长铁路两年零八个月。

为了这一天，1952年9月，周恩来总理再次率中国政府代表团赴莫斯科，同苏联政府进行谈判，商定有关移交事宜。

尽管中苏合办中长铁路只有不到三年的短暂经历，但是对人民铁道事业的发展作出了重大的贡献。在中长铁路结束时，为纪念中国长春铁路的共管经历，并纪念苏联政府将铁路无偿移交给中国政府，中长铁路管理局遵照政务院总理周恩来和铁道部部长滕代远的指示和批准，在中长铁路管理局（今哈尔滨局集团公司大楼）前修建一座纪念塔，并请毛泽东主席为纪念塔题字。毛主席欣然挥毫写下了“中苏共同管理中国长春铁路纪念塔”15个遒劲的大字。

建塔期间，时值隆冬。为确保工期和工程质量，施工人员在现场临时搭建了建筑空场暖房，在其内部安装了小锅炉，装上了暖气管子和暖水、暖沙等设备，还从基层站段临时抽调了5台载重汽车供工程使用。就这样，工人们夜以继日连轴转，确保年底前在交接仪式进行后的剪彩。

纪念塔还没有揭开面纱，一个庄严的中长铁路交接仪式正在对面的中长铁路文化宫（现哈尔滨铁路博物馆）里举行。这座中东铁路时期的建筑，正在见证一个历史性时刻。在筹备哈尔滨铁路博物馆的过程中，我们也只能找到当年庆典纪录片的一个片段。

## 刘淑岩记忆中的交接仪式

那是一个多么让人动情的场面啊，能参加庆典的人们是何等的光荣啊。刘淑岩老人的回忆录《我参加了中长铁路交接仪式》真实呈现了当时的情景。那年，她刚刚 19 岁，在中长铁路统计处工作。

下午一点，移交仪式庆祝大会正式开始。只见紫红色的大幕徐徐拉开，台上台下全体起立，长时间热烈鼓掌。透过会场大门缝，我看到场内灯火辉煌，主席台上坐满了领导和贵宾，中苏两国国旗和毛主席、斯大林的巨幅画像悬挂在主席台背景幕上。主席台上方是中俄两种文字的横幅，非常醒目。会议开始后，军乐队高奏中苏两国国歌，随后领导宣读最后议定书，并双方签字之后，敬爱的周恩来总理讲话。他精神矍铄，洪亮的声音响彻会场内外，掌声雷动，一阵高过一阵。铁道部部长滕代远代表中国方面向中长铁路局长格鲁尼切夫授旗，以期表彰其对中长铁路的贡献。

四点左右，我们七八个小姑娘在局机关大石头房子门卫值班室，脱掉棉皮鞋，换上色彩鲜艳的花裙子，一路小跑，穿过西大直街，直奔会场。大石头房子和文化宫正对面仅有一道之隔，虽然路程不太远，但大家却冻得不行，浑身上下缩成一团，然而我们心里却是热乎乎的，都非常兴奋，这毕竟是我们中国人民值得庆贺的一个好日子啊。我们几个小姑娘手捧鲜花在局文化宫正门入口等待为移交仪式献花。庆祝大会最后献花仪式开始了，我赶紧招呼姑娘们一起跑上主席台，向领导和嘉宾献花。这时会场又一次响起长时间的掌声，那场面真是太让人激动了，至今记忆犹新。

夜幕降临，大型庆祝招待会在铁路文化宫进行，专程来哈尔滨的苏联国家艺术工作团表演了乌克兰歌舞等精彩节目，中国艺术家和哈尔滨文艺团体同台献艺，然后举行宴会，欢歌笑语一直持续到深夜……

## 是谁扶起了那座铜像

庆祝大会次日下午 14 时，中长铁路纪念塔建成仪式在哈尔滨铁路局正门的广场上隆重举行。纪念塔如一座丰碑矗立在人们眼前：塔高 14 米，基座 110 平方米，塔身为汉白玉贴面，正面上方悬挂圆形毛主席和斯大林浮雕半身铜像，毛主席的题字镶嵌在纪念塔基座正面显著位置；背面上左和上右分别悬有铜质的中苏两国国徽，下方有铜铸的火车头模型。整个纪念塔饱含中苏友好的元素。紧贴塔身前面，独立出一个方形大理石贴面的基座，基座上是中苏两国工作人员的铜像：中苏两国工作人员相向而立，笑容可掬，两只手紧紧握在一起，中苏友好的情感在传递交流。

然而，这座铜像在这里站立了 14 年后，一夜间竟被推到。狂热与混乱之中，铜像被有心人偷偷藏了起来，埋到了地下。

1996年，被埋没了30多年的铜像，不知是被谁扶起来了。我想他肯定有着雕塑家点石成金、化朽为奇的创造力和医生救死扶伤、妙手回春的功力，断裂的中苏铁路工人的两个手臂被重新粘接好，并紧紧握在一起。他填平的是被中断的人类文明，他衔接的是中苏历史中友好的部分，他扶起的是铁路的文化。

曾在“大石头房子”工作数十年的女诗人皓月禅心，对这座建筑和这尊铜像一往情深。我想，没有人再像她一样对这尊铜像的诠释更富内涵了：

我每每瞥见铜塑就有一些零碎的想法，也许铜塑不知道疼，没有被压抑的感觉，沉睡了30多年，被人一推就醒了，也许铜塑就是中苏的两位长者，目睹中国铁路历史的变迁与发展，见证历史的沧桑，也许铜塑什么都懂得，随遇而安，活得比人更坚韧，更超然，也许它早知道自己“淡兮，其若海”，它早悟出无欲则刚，有容乃景致呢？！

↑ 中苏两国工作人员相向而立，笑容可掬，两只手紧紧握在一起，中苏友好的情感在传递交流。

# 后记

当文学遇见历史

—

曾有朋友问我，为什么对大山、对铁路小站是那样情有独钟，每每说起总是如数家珍、娓娓道来？对此，我讲述了自己年少时的经历。

我的故乡在鲁西南。那个古老的村庄傍着铁道线，我几乎天天都能看到火车，听到它的吼叫，想象力随着车轮的滚动也像长了翅膀。即使是这样，我也是直到20世纪70年代初，才第一次坐上了火车，这一坐就是六七天。我从兖州站一路向北，到了大兴安岭牙林线上一个叫作“三公里半”的养路工区，那年我14岁。从此，我就再也没有离开过铁路，没有离开过火车。铁路和火车，大山与小站，陪伴并滋养着我的文学之路。

小站是我的家，远方那绿色的信号灯就是我一路前行的方向。

## 二

不知从哪年哪月，我的血脉开始融入两根钢轨的生命，对它的表达就是寄托于文字，并在大山与小站之间开始了漫长的文化旅行。

那些深藏于世的人和事，时常让我夜不成寐，思潮起伏；那些遗失在山间荒野的墓茔碑文、建筑物件、或凄婉或美丽的传说也让我为之叹息怅然。

铁路与小站，需要成熟的情感，更需要喜欢它的人来讲述它曾经的过往。那些古老的传说，那些像石砟一样陈旧的碎片，渐渐清晰。山风徐来，让我陶醉；爬坡过坎，风雨兼程。一路奔走，一路绽放。即使我今天已经生活在钢筋水泥的城市丛林，却依然能听到火车穿越山谷的回响。

## 三

当文学遇见了历史，会是一个什么样子？最初我并没有刻意去思考，甚至来不及去思考，便只顾风雨兼程，继续以信号指引的方向一路走着。

我穿过时光隧道，沿着中东铁路开始了漫长的发现之旅。文学创作与历史文化研究在这一时刻相遇，于是进入了一个崭新的领域，有了更加广阔的天地。在从东至西的干线上，无数次的踏查，无数次的寻访，无数次的叩问那些泛黄亦或有些霉味的的史料。

当文学遇见了历史，会是一个什么样子？2020 年 10 月的最后一天，在黑龙江省哈尔滨历史文化研究会组织的一次沙龙活动上有了答案。作为会员，我以《中东铁路沿线历史文化拾遗》为题进行了讲座。其讲稿就是以本书的初稿为蓝本，侧重介绍了我对小站、重镇的考察与文学思考。抱着忐忑的心情，我讲完了这一课，接下来是交流环节。中东铁路资深研究学者、研究会会长李述笑先生首先发言：“玉皓以亲临亲历的形式，通过小站小城，讲述了中东铁路沿线的文化拾遗，实际上就是拾遗补缺。看来，中东铁路文化的研究有着更广阔的领域。”研究会副会长徐世铭先生说：“今天韩老师的介绍，从浩瀚的中东铁路历史中，选取一个拾遗的小切口，使中东铁路历史更加具象鲜活地展现，将研究会长期关注发掘的这一课题更加引向深入。”副会长王宏波先生在发言中对专题讲座总结了六个特点，并对颇具特色的小站逐一做了个性化分析。大家一致对如何利用中东铁路的历史遗存，开发红色旅游资源提出了具有可资借鉴的意见和建议。专家们严谨的研究态度、开放的思维理念和追求学术价值的商榷，是值得我学习和终生受用的。

## 四

本书动笔之初，冰城还是春寒料峭。如今，书稿完成，又见雪花纷飞，似乎走过了一年。

这是何等艰难且悲壮的一年，以前自己出版文集从未有过如此感觉。正值疫情，又进酷暑，不知何时入秋，转眼到了冬季。蛰居数月，甘苦自知。亲近那些或近或远的小站、城镇，读着那些或近或远的逸闻趣事，倒也有了几分欣欣然。

但是，还有很多遗憾。自己不是史学专家，占有资料所限，深度挖掘不够，更多的人和事没有走进文中。本可以再生动一些，但能力所限，只能尽力而为。好在这不是一本历史书，而是以散文漫笔的形式，记录一个人的所见所闻、所思所悟、所获所得。就此权当一个“老铁路”给有志研究中东铁路的专家和学者以及纷至沓来的采风人，当一次“向导”，尽一分地主之谊吧！

我为此有些释然，且有些许安慰。当读完文稿，掩卷沉思，方有顿悟：当文学与历史相遇的时候，历史有了温度，文学也有了张力。

## 五

要说的话很多，要感谢的人也很多，还是说一说一位“老铁路”与本书的故事吧。原哈尔滨铁路局文联秘书长孙世平先生，虽年近八十，但仍以一位文学前辈的情怀和铁路人的情义，多次字斟酌句地帮我校稿。在突患眼疾的情况下，他也不曾停歇。他说：“这不是你一个人的事，你是在为铁路著书立说，我当尽绵薄之力。”这份情谊和胸怀，让我感动。

还要感谢那些真诚帮助和不曾相识的人。本书写作期间，我翻阅、查找了大量成书和史料，多次到省市地图书馆、档案馆和历史文化研究会考证一些具体问题，很多相关单位、部门及朋友给予了我无私帮助。在此，向他们致以诚挚的谢意。

回望，是一种坚守，也是一种力量。这种力量，源自于笛声催促的动力前行。对其回报，唯有背起行囊，向着绿色信号灯指引的方向，继续到山里去，到小站去，去寻着我的“诗和远方”。

2021 年 5 月 20 日，于哈尔滨